少年廚俠 1

兩王的心結

文/鄭宗弦

圖/唐唐

目錄

作者序　結合「美食」與「武俠」的冒險之旅　文／鄭宗弦　5
推薦序　色香味俱全的武俠饗宴　文／暢銷作家　陳郁如　10
推薦序　透過武俠故事，了解歷史與飲食文化
文／「故事：寫給所有人的歷史」網站主編胡川安　13
推薦序　「書香」與「菜香」齊飄香
文／親子專欄作家陳安儀　16
第一章　神祕的入幫儀式　24
第二章　一連串難解的疑惑　39

第三章　生死交關的武藝大會　47
第四章　慶功宴上的中毒事件　55
第五章　傳說中的救命祕笈　72
第六章　叫人萬分困惑的口訣　84
第七章　可疑的蒙面怪客　98
第八章　千年老麵的神奇威力　113
第九章　落成典禮上的拼桌比賽　130
第十章　延平王的無理要求　144
第十一章　兩府廚子相爭不下　155
第十二章　揭發幕後真凶　169

第十三章　全脈神功第一式　189
第十四章　媽媽復原有望　199
附錄　廚俠必備祕笈　212

作者序
結合「美食」與「武俠」的冒險之旅

文／鄭宗弦

去年初我曾在粉絲團上宣告，我想寫一套少年小說，讓辛苦做菜的媽媽好好休息，改由孝順的孩子做菜給媽媽吃。

恰好親子天下的編輯來信邀請合作，我便闡述了這一小說系列的創作理念，並提出創作計畫。兩方一拍即合，隨即著手創作這一套少年武俠小說。

少年武俠小說？

是的，您沒有看錯，這是集合老、中、青、少廚師們，所共同演出的少年武俠小說。

煎、煮、炒、炸、蒸、燴、溜、燙、烤、焗、爆、煲、汆、熬、煨、燒、燜、燉……廚師做菜的十八般廚藝，刀技火候，水裡來火裡去的，都讓人產生武功的聯想。因此我讓書中的廚師具備頂尖武功，主人翁志達的母親是鼎鼎有名的總鋪師，在家學薰陶之下，志達也擁有武藝與廚藝的龐大潛力。

我生長在糕餅之家，從小跟著家人製作麵包、蛋糕、紅龜粿等點心，了解從事飲食工作者的辛苦，而廚師又比起點心師父更加艱辛，刀子、爐火都容易使人受傷，油煙更會害他們生病，他們在為大眾創作出美味、帶來幸福的同時，往往犧牲了健康與安全。

廚師們創作出經典名菜，不僅滿足人們的口腹之欲，也提供美談讓人樂道回味，人們總說中華料理博大精深，卻忘了這是歷代廚師們勞苦的累積。然而古代廚師的社會地位低下，知識份子雖然用文字記錄了美食，卻很少為廚師作傳記。我寫這一系列的目的，便是想藉由有趣的故事，來表揚廚師們的貢獻。

這是一趟飲食文化的探索之旅

中華料理因幅員廣大，大略分為閩、浙、粵、魯、蘇、湘、徽、川，八大菜系。我讓主角穿越時空，帶領讀者一探名菜發明的起源。

許多名菜的典故成為膾炙人口的故事，稍加改編便能引人入勝。但有些名菜或許是一地風俗，社會集體的創作，或是佚失了發明人與相關情節，而沒有專屬於它的故事，我希望能藉由這個系列來彌補這個缺憾。

這也是一趟探索武功的冒險之旅

中醫主張「藥食同源」，又說「五味入五臟」，因此調和平日的飲食就是養生的良藥。中醫認為精、氣、神、血為人體能量之源，氣為血之帥，血為氣之母，穴道與經絡是能量匯聚之處，正確的呼吸與運動能使能量在身體運作順暢，甚至衍生出更強的能量。進一步衍生出功夫、運氣、掌風，乃至隔山打牛、隔空抓物等有如特異功能的武功說法，讓人產生許多浪漫的想像。

這又是一趟感受俠義的體驗之旅

我看到許多喜歡閱讀的孩子，想要閱讀有關充滿想像力的大部頭書籍，選擇了市面上的武俠小說。然而武俠小說是為成人而書寫的，又有「成人的童話」之說，其中刀光劍影，江湖恩怨的情節太深沉，並不適合少年兒童閱讀。

韓非子說：「俠以武犯禁。」古代的俠客救急扶危，愛打抱不平，有時放蕩不羈，違法犯紀，這樣的俠客並不是孩子學習的典範。我想創作一套專門為孩子而寫的武俠小說，將「武」的部分控制在暴力範圍之內，而「俠」的部分，撇除任性的違法，而導向濟弱扶傾，輕財重義，伸張正義的利他行為。

這還是一趟族群文化的融合之旅

八大菜系之外，我還想在故事中加入京菜和臺菜。

北京城是中國歷史上最後一個王朝的政治中心，來自各地各省的達官貴人匯聚在此，必然會衍生出豐富的飲食文化。而臺灣經歷過荷蘭、明鄭、清朝、日本等政權的統治，飲食文化都有各國的遺留。加上西元一九四九年國民政府遷移到臺灣，帶來各省一百多萬軍民，也把各地的飲食文化帶過來。這些人當中不乏資本家、大地主、高官和滿清遺老，這段歷史也讓中國各地精緻高級的宴客大菜都在臺匯聚，使臺灣成為中華飲食文化的大熔爐。

這一套結合「美食」與「武俠」，由功夫高深的廚師們一同演出的「美食派少年武俠小說」已經上場，請跟著主角們一起縱橫古今，吃喝玩樂，伸張正義吧！

推薦序

色香味俱全的武俠饗宴

文／暢銷作家 陳郁如

之前我買過鄭老師系列的書來看，真的是本本精采，這次我很榮幸被邀請來推薦他的新書【少年廚俠】，實在非常興奮。我放下我手上應該修改、準備要出版的書，暫停已經發想、開始起頭的新書，一口氣就把書稿看完，完全不想停下來，每個段落都吸引我往下看，很想知道到底發生什麼事。

故事的設定在現在的臺灣，主角林志達跟幾個在學校的男女同學同時加入「灶幫」，他們不僅身懷廚藝，還各個身懷武藝。在現代的故事中融入武俠，這樣的設定肯定會讓小孩樂歪了，因為絕世武功不再是武俠小說裡那些遙遠年代的故事，中學生也會拳腳功夫，也會點穴輕功，也會用內功救人，真的太親民，太讓人羨慕嚮往了！

這些小孩加入「灶幫」後，本以為就此精進廚藝，修習武術就好，沒想到一波接著一波的考驗跟困境接踵而來，他們就此捲入無數的危險挑戰，有人中毒、重傷，有人被陷害、附身，甚至有人死亡。他們不僅得在現實世界要找出兇手，還要穿越古今，找出各種問題的解答。

這樣的故事設定本身就很吸引人，更難得的是，鄭老師不是隨便拿穿越出來搭配武俠，順便加幾道小菜就滿足了，他的穿越有歷史根據，你可以貼近古人的生活，讓人不知不覺間學到歷史典故；他的武功配合身體各處穴道，中西合併，相容並蓄；而他筆下的菜色有憑有據，富有創意，對於食材來源，用法都有詳細的介紹。這裡更可以看出鄭老師的文學筆觸，他用文字把食物的色香味呈現在讀者面前，太令人折服了。建議各位千萬不要在半夜看【少年廚俠】，因為會全身血液沸騰，胃部空虛難受，頭暈腦脹，巴不得馬上吃到各種名菜。不過或許這也可以讓這本書成為另類的減肥書，因為當你讀到紅蟳米糕、千年老麵蔥肉大包、雞仔豬肚鱉、酸白菜魚虎湯、西湖醋魚的美味，絕對不會想再吃炸雞薯條配可樂！

除了武功和美食，故事裡面的情感更是讓人感動，首先出場的，就是主角跟母親的親情。主角的母親受人陷害後全身癱瘓，讓他立志要找出救治母親的方法，所以才有後面一連串的故事。十三歲的孩子們正值青春期，漸漸脫離爸媽的保護，是一個開始對外面世界好奇探索的年紀，也是開始跟同儕之間有更多互動的年紀。故事中的主人翁志達，人如其名，心志穩定而豁達，他對好朋友有情義，即使對他不友善的同學，他也在互動的過程中，學到原諒跟接納。我很喜歡鄭老師對於霸凌部分的處理方式，不是以暴制暴，也不是逃避問題，而是以正面回應問題，在這套書裡，可以看到很多的同理心，很多的溫暖，很多的包容。

文章寫再多也沒有故事精采度的萬分之一，大家還是跟著主角志達，一起享受雞仔豬肚鱉與西湖醋魚的美味吧！

推薦序

透過武俠故事，了解歷史與飲食文化

文／「故事：寫給所有人的歷史」網站主編胡川安

當我第一次讀到金庸的武俠小說《射鵰英雄傳》時，是中學一年級的學生，平日寫作業沒有徹夜未眠，但卻在暑假時不眠不休的將整套書一下就看完了，雖然對於其中的典故和情節還懵懵懂懂，但始終無法忘卻緊湊的情節、精采的過招和江湖兒女的情義。鄭宗弦的【少年廚俠】讓我感受到青少年時期閱讀金庸小說的激動與熱情。

【少年廚俠】從神祕的組織「灶幫」的幫主擂臺大賽說起，為了競爭下任的幫主，透過精采的打鬥揭開序幕。「灶幫」是武林門派，幫眾控制了全球華人的餐飲界，因此，幫主的競爭同時也是金錢和各種勢力的鬥爭。新任幫主選出

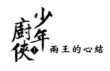

後，不久卻遭人暗算，經脈寸斷，小說中的主角志達為了幫助母親尋求解藥，四處尋求方法。

【少年廚俠】不只情節精采，還將臺灣的飲食文化帶入武俠小說中。臺灣本土的臺菜具體的表現在「總鋪師」的宴飲文化，路邊搭的棚子，幾十張的大圓桌聚集了垂涎三尺的饕客，不用在廚房，每個地方都是「總鋪師」工作的地點，蒸籠飄散出來的香氣，服務人員俐落的招待客人，如此的景象是每個臺灣人都記得的經典場景。小說中的主角志達從小就是在「總鋪師」的家中長大，除了學做菜，也練武藝。

臺灣是個移民之島，從四面八方來的族群讓飲食文化豐富且多元，一九四九年後國民政府遷臺，來自中國不同地方的人群，將各大菜系也帶入臺灣，也就是經常說的「外省菜」，讓臺灣的飲食文化更為豐富。【少年廚俠】將臺灣飲食文化的歷史帶入小說中，臺菜的系統就是其中「民灶」；「官灶」則是從中國而來，是以往在中國官家或貴族中的菜色。整部小說因為飲食文化的關係，使得掌風、劍術和拳法都令人食指大動。

【少年廚俠】除了將飲食文化帶入小說，還將臺灣的歷史發展藉由穿越的情節回到過去，可以讓青少年讀者鮮明且生動的理解臺灣史，其中尚且點綴各地的人文風情，讓青少年朋友可以實地踏查，是套好吃、好看、好玩又好讀的好書。

推薦序

「書香」與「菜香」齊飄香

文／親子專欄作家陳安儀

這幾年，奇幻、科幻當道，除了國外受歡迎的作品之外，國內也有許多成功的少年奇幻小說面世。之前大受歡迎的《媽祖林默娘》、《穿越故宮大冒險》作者，亦是文學獎常勝軍的名作家鄭宗弦，這次又推出了融合武俠、廚藝的小說【少年廚俠】，不但讓「書香」與「菜香」齊飄，更在其中融合了歷史與知識。更重要的是，【少年廚俠】劇情緊湊，讓人翻開扉頁便欲罷不能，非一口氣讀完不可！

熟悉武俠世界的人，聽過「丐幫」、「青幫」、「鹽幫」……但鐵定沒聽過「灶幫」吧？這「灶幫」顧名思義，跟「廚房」有關聯，所以旗下的幫眾，都是一面在廚房劈柴燒灶，以大灶煮出的「鹽水之氣」修習武藝，一面下廚做菜。固定的集會時間，就是送灶王爺上天的臘月二十四日；而要擔任「灶幫」幫主，當然除了武藝高強，還得廚藝無敵才行囉！

【少年廚俠】中，男主角林志達的母親陳淑美，是臺南百年老餐館的小女兒，父親陳晉塗將傳承自明清以來的精緻料理技藝，悉心傳授給了她。丈夫林耀雄，生前是臺中清水區有名的總鋪師，廚藝傳承自「總鋪師巢」的高雄內門區，常常為人排紛解難，急公好義，是一位大家稱頌的「廚俠」，也是兒子心中的偶像。兩夫妻無論是廚藝或武藝都功夫了得，婚後在臺中辦桌營生。不幸的是，林耀雄在志達五歲時車禍身亡，陳淑美帶著志達回到臺南娘家，到處為人辦喜宴，享譽南台灣。

故事開始的這一日，滿十三歲的林志達，和其餘一干少年男女，要拜祖師爺進行入幫儀式；而二十年才舉辦一次的「武藝大會」總決賽也將同時舉行，陳淑美將與另一位候選人比武，爭奪新任幫主之位。由於「灶幫」的未來攸關全球餐飲食品界的權力重新分配，因此備受矚目。沒想到，就在陳淑美僥倖贏得比武、贏得幫主大位後，竟然遭到壞人暗算，身中奇毒，全身癱瘓！為了要解救母親，林志達必須要藉由幫主傳下的「軒轅石」回到過去，解開前任幫主留下的密語、找出藏匿的秘笈，並且學會秘笈中的菜譜，體會菜譜中的內力心法，才能為母親解毒。

【少年廚俠】系列除了有青少年最愛的流行元素：武俠、穿越、奇幻、冒險，以及一層層緊張刺激的謎題、關卡引人入勝之外，還有一個更令人目不轉睛的元素：一道道香噴噴、令人垂涎欲滴的好菜！

中國文化向來講究美食，各地菜系、菜譜都各有傳承，不但跟地理特色、文化習慣有關，跟歷史人物發生的故事也多所關聯。讀者跟隨著主角林志達，不但能夠穿越古今，親身經歷名菜的由來，還能品嚐紙上美食，大飽「口」福。讀著讀著，不禁口內生津，簡直是雙重享受，這麼一套好看又「好吃」的好書，當然要推薦給所有青少年朋友囉！

登場人物介紹

林志達

十三歲，生性爽朗，富有正義感。從小就立志像父親一樣，成為一名行俠仗義的大廚俠。在母親陳淑美被人暗算後，積極尋找「全脈神功」的祕笈下落。

陳淑美

臺南新府城辦桌團的團長，善使「米葉六劍」，為了調查某起事件的真相而角逐幫主大位，不料卻中了五毒，全身經脈寸斷，需要「全脈神功」才有機會痊癒。

方羽萱

十三歲，父親方子龍是「魯山東麵食坊」的董事長。與志達、繼程組成「少年廚俠」，個性善良天真、鬼靈精怪。

李繼程

十三歲，為了加入灶幫特地從美國回來，在入幫儀式上認識羽萱和志達，卻因為官灶、民灶之爭，和志達互不相讓。

噬血魔

來自古代的妖魔，晝伏夜出、神出鬼沒，以人畜之血為食，會假扮成人形矇騙人們。

第一章 神祕的入幫儀式

「耶！終於到了。」汽車一停，林志達便迫不及待的開了車門，尋找他們要去的大飯店。

為了期待已久的這一天，志達興奮的整晚失眠，天未亮就起床，把拳腳功夫演練了無數次，然後催促家人上車。一路上他好奇的問東問西，又不時殷殷的望著車窗外，活蹦亂跳的模樣像喝了什麼強效興奮劑。

他的媽媽陳淑美跟著下車，伸手拉住他說：「喂！別跑，等大家一起走啊！」

「噢！」志達回頭打量媽媽的神情，關心的問：「媽，你會緊張嗎？」

媽媽還沒開口，阿姨來到一旁板起臉說：「當然不會！你這小子，別故意製造緊張氣氛。」

「我才沒有。」志達按著自己狂跳的胸口，坦承的說，「我本來就很緊張。」

外公把車子停妥，下車整理好儀容，笑說：「平常心，平常心。」

媽媽看看大家，便吸口氣挺起胸膛說：「走吧！」

這一日是農曆臘月二十四，民間送灶王爺上天庭說好話的日子，卻也是神祕組織「灶幫」一年一度的聚會日。

每年這一日，年滿十三歲的少男少女要拜祖師爺，進行入幫儀式，而今年更是難得，因為二十年才舉辦一次的「武藝大會」總決賽也將同時舉行。大會上將選拔出新任幫主，由於攸關全球餐飲食品界的權力分配，因此備受矚目。

入幫儀式是十點半開始，然而十點未到，停車場已經塞滿車輛，來自全球各地的幫員魚貫進入了大飯店，在報到處簽到。

一進入飯店，志達便衝向大片落地玻璃窗前，興奮大叫：「哇！快來看，外面就是有名的無邊際游泳池。」

媽媽嚴肅的對他使眼色，並壓低聲音說：「都已經上國中了，表現得成熟一點。」

但志達難掩興奮之情，繼續又跳又叫。媽媽回過頭去跟阿姨周旋在眾多來客中，交遊廣闊的外公更是左攀右談，應酬不止。

今年共有二十五位少年少女要入幫，他們必須在灶王爺面前展現灶幫的拳腳功夫，方有拜祖入幫的資格，志達正是其中之一。他的媽媽陳淑美則是這一屆最熱門的兩位幫主人選之一。

為了這一天，志達每天清早就起床劈柴用大灶燒煮出鹽水之氣，讓媽媽在廚房裡吐納練功，而他則在廚房外練丹田、蹲馬步，不斷重複演練君子掌與果拳。

母子倆目標不同，但一樣用心。

志達的媽媽陳淑美是臺南百年老餐館的小女兒，他的外公陳晉塗沿襲了自明清以來的精緻料理技藝，並悉心傳授給自己的女兒。他的爸爸林耀雄，生前是臺中清水區有名的總鋪師，廚藝傳承自「總鋪師巢」的高雄內門區。

兩夫妻無論是廚藝或武藝，都是一等一的高手，婚後兩人在臺中辦桌營生，三年後生下志達，恩恩愛愛的過了八年。

不幸的是林耀雄在志達五歲的時候車禍身亡，陳淑美便帶志達回到臺南娘家，接手外公的「新府城辦桌團」，經營得有聲有色，享譽南臺灣。

陳淑美常常對志達說：「你爸是一位頂天立地的廚俠，常常以自身的武功濟弱扶貧，為人排紛解難，你長大後要向爸爸學習。」志達從小就把爸爸當作偶像，熱烈期待著入幫的這一天，好跟爸爸一樣當一位大廚俠。

好動的他喜歡練功，對於武功之源的廚藝也很有興趣，耳濡目染之下學會了好多道菜。這時，一陣菜香飄來，他不禁抬高鼻子，轉移了目標。

離開大片落地玻璃窗，他跑到廚房外想探看裡面在料理什麼山珍海味，不料卻被一位穿著雪白廚師服，六十歲左右的老先生擋在門外。老先生滿面紅光，雙眼炯炯不怒而威，他坐在凳子上，伸出右手，不客氣的對志達說：「廚房重地，非請勿入。」

他朝廚房內偷瞄，發現裡面聚集了許多廚師，有人在切菜，有人在油炸，有人在熱炒，有人在擺盤，個個熟練的忙活著，根本沒有他駐足的餘地。

這位老廚師竟然躲在門外不工作？不過奇怪的是，似乎有好多人想上前跟他搭訕，卻被兩位西裝筆挺的保全人員勸離。他們回頭發現志達這個漏網之魚，很快的也將他趕走了。

他到處閒晃，覺得這間有名的高級飯店富麗堂皇，處處叫人驚喜，果然名不虛傳。十點一到，一位男士在報到處喊說：「參加入幫儀式的少年們，請到大廳集合。」

志達聽到後連忙過去，看見不少和他年齡相仿的少男少女也在那兒，在那位男士的帶領下，一起前往十二樓的階梯會議室，進行走位與預演。

會議室是由二十層臺階和最底下的舞臺所組成，舞臺中央掛著灶王爺畫像，足足有兩個人高，畫像前方擺有一長桌香案，案上有個哥窯冰裂紋粉青瓷大香爐，而案前放置了一張紫檀大理石山水紋太師椅。

不久灶幫成員們陸續就座，現場人聲鼎沸。十點半一到，司儀便大聲宣布：「各位女士，各位先生，第兩千一百六十二屆全球灶幫大會，正式開始——」隨即燈光一暗，只剩聚光燈打在舞臺中央的少男少女身上，空氣一時肅靜下來。

咚咚！咚咚！耳邊響起的是節奏明快的武術進行曲，少男少女們蹲好馬步，凝神調息，專注一致的開始出掌。

司儀是知名的電視美食節目主持人，他拿著麥克風，一邊詳細的介紹：「請大家跟著孩子們一同溫習本幫的基本功法之一——梅蘭竹菊君子掌。先是破冰梅花掌，五指彎曲如梅開五瓣，內力加諸指尖，隨意念加以抓、刮、繞、攪、纏，指勁凌厲如寒梅開破澈骨冰雪，正所謂『寶劍鋒從磨礪出，梅花香自苦寒來』，源自整備元寶餃子的菜肉餡……」

「喝——喝——啊——」

正如司儀所言，這是基本功，每一家的孩子無不是練熟了，才敢在這拜祖之日上臺見人，否則眾目睽睽之下可會丟盡家族的臉。志達為了表現凌厲的態勢，不禁咬緊牙根，豎起眉毛，臺上的其他孩子也都展現自信，張臂如弓，使勁的舞動雙掌。

「接著是翻雲蘭花掌，迅捷轉動手腕，以內力帶動手掌靈活躍動，讓對手眼花撩亂難以接招，源自剝筍殼之靈巧翻轉手。再來是御風竹葉掌，源自包粽子的握壓巧勁……托月菊花掌，來自甩獅子頭肉團之姿。熟練灶幫君子掌到了第七層級，鼻竅中自然會聞到深妙不可言的香氣……」

觀眾之中不乏內力深厚者，因而心領神會的讚嘆著：「香啊……空谷幽蘭……清新高雅……」

「七〇年代瓦斯爐普及之後，灶幫中人便不用再日日劈柴練氣了，許多人因此疏於基本功，漸漸把功夫都荒廢了，只剩少數後繼有人，就是這些年輕人了，請大家給予熱烈掌聲。」司儀語重心長的說。

臺下的灶幫成員們踴躍鼓掌。

「接下來是果拳。」司儀認真的介紹，「第一招是磅礴鳳梨拳，實招直拳的代表，僅以雙拳磅礴之力給予對手迎面痛擊，是不得已的保命之拳。再來是雷厲釋迦拳，凸出中指指節之側擊勾拳，目標是對手的頸脈，殺傷力強大，使用之前務必三思。緊接著，霹靂南瓜拳……同樣的，練到第七層級，如入悠悠然百果千香之室……」

許多觀眾又輕抬下巴深呼吸，陷入陶醉之狀。

表演完畢，全場報以熱烈掌聲。

「現在，有請現任的范衛襄幫主，引領大家一同參拜祖師——灶王爺。」

幫主走上舞臺向眾人抱拳作揖，志達一愣，因為幫主就是他在廚房門口遇見的那位老廚師，而兩位保全人員竟是他的隨身護駕。

臺上的少男少女們向後轉，面向祖師爺，只見幫主從懷中拿出一顆雞蛋大小的石頭，端端正正的擺在案頭中央。接著轉身接過隨從剛點燃的一柱長香，白煙裊裊騰起。

「莫非他就是外公說過的，人稱『通灶』的最高級廚師？」志達心想，佩服不已。「身兼各大飯店的總廚，負責檢查廚師們送出的成品，而且只消望一眼不用試吃，就能看出成品的色香味是否正確到位。」

「拜祖三鞠躬。」司儀令下，眾人起立跟著幫主鞠躬。

緊接著，便是孩子們的入幫儀式。

幫主面向大家，坐上太師椅，二十五位孩子依照司儀的指引，規規矩矩的向灶王爺和幫主行三跪九叩大禮。

「禮成——」行禮完畢，這儀式便簡單隆重的完成了。

許多家長感動的頻頻拭淚，因為這不只是孩子的成年禮，還是克紹箕裘的開始。從這一天起，他們必須肩負光榮的義務與使命，正式傳承廚藝和武藝給孩子，扮演起「師父」的角色。

陳淑美聽見「禮成」兩字，欣慰的微笑。

舞臺上，孩子們仍然跪在神案前，準備聽訓。

幫主接過麥克風，懇切的說：「恭喜大家成為灶幫的新弟子。」

「好啊！」現場再度響起熱烈的掌聲。

幫主等舞臺下掌聲停息後又說：「自燧人氏鑽木取火以來，祖先火烤而食，到了新石器時代，從燒烤進化到烹煮，專職的廚人也跟著興起。商周時期，青銅器取代了陶器，春秋末年，鐵器又取代了青銅，後來人們在鐵鍋旁加上把手，變成輕巧，方便移動與清洗的廚具，於是與它搭配的『土灶』便誕生了……」

志達聽這些歷史聽得有點膩，加上一夜沒睡好，不禁打了個呵欠。

「春秋戰國時期，廚人供奉灶王爺為祖師爺，自稱『火土之人』，簡稱『灶人』。到了秦朝統一天下，灶人為了抗暴而團結，因而有了『灶幫』的組成，而後代代相傳，至今已有兩千多年的歷史。」幫主又說。

「哇！」眾人紛紛響起讚嘆聲，志達這才醒過來。

「我們灶幫乃是武林各幫各派的鼻祖，只是幫規一再要求幫員們謙沖自牧，世人因此對我們所知不多。然而，祖輩先賢有先見之知，因為在血腥爭鬥的江湖中，低調才是明哲保身的智慧之舉。」

幫主站起身，整理衣冠，回身向祖師爺一鞠躬，接著又轉回來，鄭重的對剛入幫的少男少女們說：「我灶幫成員又分『民灶派』與『官灶派』，廚藝和武功多有不同。因此為了分出彼此，也為了與自家人相應和，先祖傳有暗號來分辨，現在我就要傳授給你們，仔細聽好了。第一組暗號是：『三日下廚房，洗手做羹湯』，而其相應的暗號是：『誰知盤中飧，粒粒皆辛苦』。」

「哈，」志達忍不住偷笑，小聲的自言自語，「竟然用牛頭去對馬嘴。」

幫主眉尾輕動，但沒有理會，倒是志達前方的少女，回頭朝他不悅的「噓」了一聲。

接著，幫主繼續說：「第二組暗號是：『開門七俗務，柴米油鹽醬醋茶』，相應的回答是：『閉戶七高古，琴棋書畫詩酒花』。」

「這回對得好。」志達開心的點點頭說。

那女孩又回頭，但沒出聲，而是白了志達一眼。志達不甘示弱，張嘴揚眉，回她一個鬼臉。

「第三組暗號是……」幫主若無其事的繼續傳授，卻假裝手摸袖口，像是捏起衣服上的毛球，然後一指彈開。

志達忽然感到有股強風灌進他的嘴巴，宛如一顆老拳噎在喉嚨裡，讓他發不出聲，想吐又吐不出來，很不舒服。

「『中國八大菜系，閩、浙、粵、魯、蘇、湘、徽』，接下來，相應的本來只有一個『川』字，但是前任的幫主湯之鮮老前輩將其更改為『川、京、臺』。這三組暗號請大家默記，終生不可忘。」

「咳——咳——」志達反射性的揉揉脖子，試著清清喉嚨。

「你還好嗎？」一旁有個少年主動拍他後背，關心的問。

「還好。」志達點頭致意，這時不舒服感消失，聲音也恢復正常，他看看前面的女生，覺得事情不單純，因此不敢再開口。

幫主誠摯的繼續道：「期盼大家恪守本幫幫訓：清、靜、和、寂、澹、薄、隱，默默的為人類的飲食文化貢獻心力。你們要勤練功夫，團結合作，發揚本幫的武學精華。今後這繼往開來的重擔，就落在你們這些新血身上了。」

幫主致詞結束，向大家深深鞠躬，眾人又回以掌聲。

幫主將神案上的石頭收進懷中，隨即令孩子們解散入席。志達依照座位表找到自己的座位，回到家人身邊。

司儀在臺上興奮的說：「各位來賓，今天的重頭戲是二十年才一次，幫主選拔的『武藝大會』。這一屆共有三百多位灶幫成員報名，初賽之後有五十六人進入複賽，再經過激烈的競爭選出十位進入決賽，最後剩下兩位高手魏興先生和陳淑美女士，將在今天進行總決賽。一位是官灶派，一位是民灶派，恰恰是『官民對決』，下午兩點即將在杏壇舉行，請大家準時前往觀戰。」

現場一陣歡呼。

接著，司儀又說：「范衛襄幫主為了舉辦這盛會，不僅包下了餐廳，也包下了廚房，一手包辦宴會中所有美食，務必要讓每個人都吃得盡興。現在用餐時刻也到了，請大家前往一樓『快雪時晴餐廳』用餐。」

語罷，臺下的幫員們紛紛往餐廳移動。

宴席上，幫主精心安排了滿漢料理，有蛋餃和魚丸組成的「金餃魚珠」，娃娃菜墊炸乳鴿的「金鳥入林」，燴炒黃白兩鱔魚的「二龍相會」，還有雞胸肉與燕窩合蒸的「鳳還巢」……眾人吃得津津有味，讚不絕口。

席間大家上前向魏興和陳淑美表達支持，也向魏興的父親魏鼎辛長老、陳淑美的父親陳晉塗長老祝賀，整間餐廳鬧烘烘的，比結婚喜宴還要熱鬧。

灶幫在飯店樓上為參賽者準備了休息的套房，午餐進行到一半，志達發現媽媽摀著肚子臉色發青，阿姨發覺不對，急忙帶她上樓去休息。

志達見狀，跟去想要幫忙，但來到房門口阿姨卻對他說：「你媽情緒太激動而動了真氣，我要幫她運功調理，你不要進來，否則反而礙事。」

志達只好聽話轉回餐廳，但心中憂慮不已。

第二章
一連串難解的疑惑

志達才回到餐廳，忽然有人拍他肩膀，笑說：「你怎麼看起來失魂落魄的？」

他抬頭一看，是剛才在臺上噓他的那個女生，一時心裡有氣，故意說：「哪有？我媽就要上場比武了，我正高興的要幫她加油呢。」

「啊！原來你是陳淑美的兒子。我們原來是敵對陣營，不過我爸在複賽的最後一關出局了。」那個女生有點自嘲的說著。

看志達一時沒有會意，那個女生又說：「我叫方羽萱，是方子龍的女兒，你叫什麼名字？」

「我叫林志達。」他回答，忽然想到剛才在舞臺上的不適，立刻警戒起來。「你剛才在臺上動了什麼手腳，為什麼有股強風灌進我嘴巴裡？」

「動手腳？」羽萱感到莫名其妙，「你剛才在臺上那麼吵鬧，我還真希望可以教訓你，可惜我的功夫還不到家。」

「不是你，那是誰？」志達質問她。

「拜託你，這裡高手雲集，我哪會知道是誰。你不知反省，還敢興師問罪？」羽萱說。

這時一個少年經過，志達認出是剛才在臺上幫他拍背的人，急忙向他揮手說：「啊，剛才真謝謝你。」

「噢，沒什麼。」對方不以為意的說，「你沒事就好了。」

志達轉頭接續剛才跟羽萱的對話，用略顯驕傲的神情對她說：「算了，我媽就要當上灶幫幫主了，我不跟你計較。」

「你是陳淑美的兒子！」那個少年聽了，一改剛才溫和的態度，不友善的說：「我舅舅武功非常厲害，他才是今天的新任幫主。」

「你是？」志達疑惑的說。

「我叫李繼程，魏興是我的舅舅。」少年又不悅的說，「你這人真狂妄。為了待會兒的比武，我舅舅一直待在房間裡練功，一點都不敢大意。我送你一句話，驕兵必敗！」

「我們民灶派的功夫最強大，一定是我媽贏。」志達抬起下巴，傲氣的說。

「不可能，眾所皆知，官灶派的功夫比民灶派強多了，最後一定是我舅舅當上幫主。」繼程也不甘示弱。

「不然我們來較量一下，怎麼樣？」志達挑釁的說。

「好啊！誰怕誰？」繼程毫無懼色。

兩個男生立刻擺起姿勢對打，一連過了十幾招。

志達沒料到繼程的武功挺厲害的，連連打在他身上，害他招架不住直喊痛。

「林志達加油！」羽萱在一旁鼓譟，還故意用力吸氣說：「我幾乎要聞到蘭花香了，快！」

啪──

志達閃躲不及，臉頰挨了一記托月菊花掌。

「等會兒我媽當上幫主，我還要跟她合照，你竟想打腫我的臉。」他忿忿的說。

他雙腳前後一開，使出雷厲釋迦拳，並朝繼程頸部攻擊。繼程左閃而過，一個霹靂南瓜拳回打在志達左肩，志達又惱又氣，咬牙拚命出招。

啪──啪──啪──

志達的功夫太弱，招式雖狠卻沒力道，仍然一直挨打。

「喂！你們玩真的呀？」羽萱上前勸架，「不要再打了，哪一派比較厲害，有那麼重要嗎？快停下來。」

兩人不聽勸阻，還想繼續出招，恰巧一位幫主的護衛經過看見了，不高興的制止：「習武的目的不是打架，再鬧下去，我可要報告幫主，取消你們灶幫弟子的資格了。」

繼程一聽急忙鬆手，志達瞪了他一眼，之後也撇頭離開。

志達想到媽媽的處境，不免擔憂了起來，他獨自去到無邊際泳池前，望著遠山近水。眼前由圓形的日潭和長形的月潭結合而成的日月潭，倒影雙雙，秀媚無比，然而他卻無心欣賞，因為不只擔心媽媽的身體，心中還藏著一些問號。

這一個月來，在板橋夜市擺攤賣熱炒的阿姨，特地請了幫手，專程回臺南陪媽媽練功。她們在廚房裡練武時，志達就在外面劈柴，常不自覺往裡面窺探。那一天，他偷聽到許多奇怪的對話。

「淑美，我託人暗中打聽你的對手，他是湖南菜的師傅，家族生意做得很大，而且功夫十分厲害，你一定要小心……」

「論廚藝，我有十足的信心，但是比起武藝，我就沒有致勝的把握，畢竟我們女人的力氣不比男人……」媽媽不安的說。

「呵，比武可不只是比力氣，而是看誰的內力強，招式精煉，臨場反應快，即使小竹筷也能勝大關刀。你的廚藝享譽嘉南高屏一帶，吃過你的辦桌菜，誰不翹起大拇指？這需要多麼深厚的內力啊！我對你的武藝深具信心。」

「當然，武藝源自於廚藝，只是我非贏不可。但我也知道得失心太重會影響自己比賽時的表現……」

「哈哈哈！」阿姨爽朗大笑，「為了這堂堂全球幫主之位，誰不是非贏不可？魏興恐怕比你還要焦慮呢！」

「我不一樣，你知道的。」

「我知道你不是爭名奪利，你是為了找出真相，我也很想知道真相，不過記得別讓老爸知道了。」

還記得那天媽媽開始練功後，廚房裡傳出啊啊的長嘯，那是丹田盈氣九重的大氣功，即便隔著屋子，聲音仍猶如轟天巨雷響徹雲霄。

那聲響讓志達聯想到《白蛇傳》的故事，媽媽彷彿雷峰塔裡的白娘娘，困在雨打雷劈中，只不過那些風雨並非來自天庭的懲罰，而是神通廣大的媽媽製造出來的。

接著，裡頭又傳出啪啪聲，似急風似狂雨，那是阿姨和媽媽在進行拳拳到肉的近身搏擊。

鏗鏗——鏘鏘——

不久後，廚房又響起令人興奮的聲音，八成是阿姨跟媽媽操起武器在對打，他非得親眼看到激烈的打鬥才過癮。

可是房門緊閉，他跑到廚房後面的窗戶要偷看，不料窗戶鎖了起來，裡頭還罩了厚厚的黑布，神祕得不得了，他只好踱回稻埕，繼續劈柴。

一個多小時後，廚房門打開了。滿身大汗的媽媽和阿姨，捧著放涼的鹽水碗來到屋簷下，慢慢啜飲著。

媽媽抹著額頭的汗珠，對志達說：「等會兒劈完柴，別忘了也去喝一碗。」

阿姨也舒展筋骨叮嚀：「練完功來一碗鹽水，幫助氣血循環，這是老祖先的智慧。還有，要先向牆上的灶王爺一鞠躬。」

「知道了。」志達賣力的劈下一斧，然後來到阿姨旁邊，好奇的問：「你們要找出什麼真相？」

「啊……」阿姨才剛開口，立刻被媽媽打斷。

「好了，林志達，都七點了，快去梳洗一下，準備上學。」媽媽打發他去上課，不給他繼續發問的機會。

他知道媽媽不是一個愛出風頭的人，她費盡辛苦的要當上幫主，到底是為什麼？所謂的「真相」是什麼？又為什麼不能讓外公知道呢？

他愣愣的發著呆，不知隔著寬廣的潭面，有個人在對岸的慈恩塔頂遠遠的望著他。而且，這人剛才就在那兒，以高深的內力聽見會議室裡的動靜，和所有成員一起向灶王爺三鞠躬。

第三章 生死交關的武藝大會

午餐過後，眾人紛紛前往教師會館後方的杏壇集合，那兒位在月潭東北側，正是武藝大賽的會場。志達看見人潮移動，急忙跟過去。

場上左側豎立著一臺大螢幕，兩點一到，司儀站上杏壇中央，螢幕中顯現他的身影。

司儀興奮的開場說：「各位幫員們，二十年才一次的全球灶幫幫主選拔『武藝大會』即將展開，人生沒有幾個二十年，我們能躬逢其盛，實在是太榮幸了。武藝大會第一場先比拳腳，請大家鼓掌歡迎兩位頂尖高手，來自臺北，名流仕紳最愛光顧的『瀟湘煙雨湘菜館』總主廚，魏興先生。另一位是來自臺南，享譽中南部的『新府城辦桌團』團長，陳淑美女士。請兩位參賽者上場——」

兩人各自從兩側上臺，先是抱拳承讓一番，隨即擺開架勢。

魏興氣色紅潤，抬頭挺胸，信心十足。但媽媽的臉色還是不佳，雖然專注備戰，但是眼睛不時眨呀眨的，似乎強忍著疼痛，志達的心因而往下一沉。

一開始，兩人先以基本的招式試探對方手路，十二招之後，魏興施出「琴掌七式」中的「春雷掌」，直往對手胸前打去。陳淑美側身橫閃，還以一個「橫柴入灶肘」，想從他背後點其膏肓穴。魏興探出肘風，轉身推出左掌隔開，瞬間在陳淑美腋下騰出一個虛位，接著右掌一出，打中她的腋窩。

「啊！」志達慘叫一聲，做出了最壞的心理準備。

陳淑美心脈受震，倒退三步，咳喘兩聲，將真氣運往心脈。然而她才剛定神，魏興乘勝追擊，往上一躍，使出同是琴掌之一的「高山掌」由上往下要攻擊她的頭頂。陳淑美不再退避，而是集中心念與氣力回擊以「油爆拳」，此拳迅急如熱油爆鍋，威力十足，不但回震那一掌的力道，連著使魏興的胸口與下巴都遭受攻擊，造成猶如被高溫燙傷的脹痛，讓他忍不住皺臉咬牙，抱胸護衛。

雖然媽媽占了上風，但志達仍然很焦慮，因為媽媽剛才被打中一掌，也透支許多氣力，臉上顯出疲累的神態。

兩人繼續出招拆招，防守回擊，一連打了幾十個回合各有勝負，難分輸贏。

不久拳腳功夫的時間結束，幫主宣布：「雙方勢均力敵，平分秋色，接著比劍法。」

「真的有劍法？」志達驚喜大叫。平日家裡不見刀劍的蹤影，雖然阿姨陪伴媽媽練習的那段時間，廚房裡經常傳出鏗鏗鏘鏘的聲音，但志達以為是鍋鏟和菜刀之類的撞擊聲，想不到媽媽真的會劍術。

魏興從他父親魏鼎辛手中拿到寶劍，媽媽也從阿姨手中接過一支長劍，兩人回到臺上即刻拉開距離，以光芒閃閃的刀鋒相對峙。

陳淑美想以「米葉六劍」的「圓糯尖粽式」打頭陣，持劍在空中畫圓，虛位以待，像鮟鱇魚以頭頂觸手偽裝活物引誘獵物。但魏興視此為鄙夷的挑釁，使他怒火中燒，操起熟悉的「永字書法八劍」，先以「點劍」朝她頭部進攻。

陳淑美見他被激怒了，正中下懷，忙以落劍隔開，剎那又以「揠苗助長式」往內一抽，魏興遭此劍氣吸拔，失了重心踉蹌前撲，所幸他將身體一轉，劍尖頂地，翻身越過陳淑美，還趁機朝她後背點上一劍。

眼看那劍尖就要插上後背，陳淑美有如後腦勺長了眼睛，急忙側滾避開。兩人重新站定，又重新將刀鋒指向對方。

這回陳淑美主動出擊，一招「米線過橋式」出手，白光直竄到魏興眼前，差點就上了他鼻尖，他猛然一驚，狂力往上鉤劍。這一招「鉤劍」的蠻力出乎陳淑美意料，手中長劍先遭重震隔開，卻因手上合谷穴一陣痠麻而脫落，長劍往空中拋飛而去。魏興也嚇了一跳，這原是他和父親事前演練時的最後一招，沒想到對手太強久攻不下，臨時窘迫，竟提前出招了。

陳淑美即刻施展輕功越上壇頂，無奈那把長劍已經越過杏壇，往月潭上飛去，她只好再加七成功力，飛越水面。就在長劍即將落入月潭時，她翻身接住劍柄，以輕功暫點水面，然後反彈落到一旁的無人小船上。

空拍機早已將這些畫面如實的呈現在螢幕上，大家看得驚呼連連。

不勞她打回杏壇，魏興已經施展輕功跟了過來。他以劍尖在水面描出一彎波浪，又翻身蹬那浪頭，縱身落上船的另一邊。他發起狠，密集發出「橫劍」、「豎劍」、「提劍」，船身因而左右搖晃，陳淑美忙於防守，難以出招。

魏興改以雙手握劍，頓挫曲折如巨斧砍劈。陳淑美知道那是「斧劈劍」，連忙左閃右避，收斂刀鋒，改以招招溫潤的「溫醇烏醋式」軟化了嚴厲的攻勢。

「可惡！」魏興顯然不耐性子，大喊：「看招！」

他單手放出，刀鋒突的四射如煙花，將陳淑美籠罩其中。陳淑美不動如山，似拂塵般一一撥擋，接著凝神逼出劍氣，專往魏興的劍把處探入，一個招式便凝震了魏興的手腕，使那披麻似的劍招瞬間收網，手臂一縮連帶使身子往後一仰。

兩方又不分上下，對陣喘息。

志達聽到有人對外公說：「陳長老，他們『官灶派』名堂很多，劍法有『畫劍十八式』和『永字書法八劍』，說是書畫同源，又細細的搞出了九皴法、九描法和八書法，其實就是附庸風雅，吹毛求疵的噱頭。」

阿姨也湊過來，寬慰的說：「淑美漸入佳境了。」

志達回頭，聽見外公回應那個人說：「倒也不盡然如此，兩派各有長短。我們『民灶派』的劍法只有『米葉六劍』和『洌醋五劍』，雖然不花俏，卻也是極扎實的功夫。」

志達聽了稍稍放心，也對媽媽贏得比賽充滿信心與期待，不禁用手圈住嘴巴兩邊，大叫：「媽媽加油——」

回到場上，魏興定了定神，決定放緩一點，因此在空中緩畫八字，分散陳淑美的注意。陳淑美不為所動，忽然使起「彎腰插秧式」摺隱上半身，劍尖卻突的指向天，猛然起身朝魏興一插。

這劍氣太強猛，魏興無法招架只得翻身閃過，然後索性不再戀戰，施出計畫好的那一記終極「鉤劍」。

噹——

兩劍重擊，雙雙震撼，潭水也翻搖出大波白浪。

陳淑美的虎口本有傷痛，經此一震長劍又脫出掌心，直竄天際。

「糟糕！如果讓劍掉進水裡，那可就是澈底慘敗了。」她心想，急忙雙腳一蹬，飛入空中追劍而去。

白晃晃的日光白雲中，她心慌搜尋長劍反射的光芒，卻忽然遭受一股旋風，在半空中翻轉了方向。她急忙將腰力上挺，卻發現那不是旋風，而是一股詭譎莫測的內力。

終於找到劍光了。陳淑美來不及細想，奮力舉臂抓住劍柄，但已無力阻擋那強勁的內力，整個人硬生生的被推往西邊。

月潭的西岸有座明潭發電廠的圓形進水口，是直徑有十多公尺的水泥結構體，它在低水位時會露出潭面，這時冬雨剛過，潭面水位遠高於它，正猶如無底黑洞滾滾吸吮著潭水，往內推轉著巨大的發電機，而陳淑美正被一雙無形的大手，狠狠的往進水口強推過去。

司儀望著螢幕畫面，緊張的說：「想不到這魏興的『鉤劍』暗藏強大的內力，能將人推到九霄雲外，只是……危險！」

眼看陳淑美即將落入進水口，屍骨無存……

「不要——」志達抱頭驚恐大喊，心臟都快跳出來。

第四章
慶功宴上的中毒事件

陳淑美心緒紊亂恐慌不已，回頭朝內力所來的方向望去，遠遠的看見教師會館頂樓似乎有個人影正對著她。她想以內力回推，卻發現自己失去控制，全身軟綿綿的如柳絮般隨風飄落。

在日月潭南岸的慈恩塔頂，有個人高高站在塔尖觀戰。這時他收起了交疊在背後的雙掌，瞬間輕功而出。

一團白影從塔尖飛落，越過玄光寺屋瓦，又階梯彈跳點過「阿婆茶葉蛋」的招牌躍入潭面，落上一艘船。緊接著，白影在來往的遊船間穿梭跳躍，先越過拉魯島，又越過幾艘船，同時不斷揮舞著雙掌，在空中連連朝進水口施出

「吸拉」的內力。

這一道道吸引之力竟強過那推送之力，三拉一推間已將陳淑美從進水口邊緣拉出來，並且牽引回向小船。

陳淑美如傀儡般任人操弄，右手平舉，長劍也發出劍氣，劍尖直逼魏興。人還在潭面飛行，劍氣已經凌空竄到魏興身前。

魏興沒料到這一劍，阻擋不及被重重傷了右肩，右手一鬆，寶劍便落入水中，在水面揚起漣漪。

兩人交戰的情況在大螢幕上看得清清楚楚，幫主立即拿走麥克風大聲宣布：「魏興落敗，陳淑美獲勝。我灶幫新任幫主，是來自新府城辦桌團的陳淑美女士。」

媽媽意外反敗為勝，志達忽悲忽喜，驚訝得幾乎要掉了下巴，完全忘了歡呼。只聽得旁人在說恭喜，外公和阿姨頻頻道謝，回頭一看，有人歡樂有人愁，那個李繼程握拳咬牙，顯得很不甘心。

陳淑美以輕功跳回杏壇。她贏得了幫主大位，心中卻沒有半點喜悅之情，因為有人干預了公平的比賽。

「抗議！」她高舉右手呼喊。

「勝負已經分出來了，不必多言。」范衛襄幫主揮手，嚴肅的說。

「你贏了！淑美，你可以做你想做的事了。」阿姨在臺下興奮喊叫。

一言點醒了陳淑美，她這才勉強露出微笑。

幫主隨即命令司儀舉行「交接典禮」。

簡單的儀式之後，幫主從懷中捧出石頭說：「這一顆打火石就是代表幫主崇高地位的信物『軒轅石』。為了妥善保管它，這二十年來，我可是把它藏在最機密的地方，不時更換地點，現在這重責大任就移交給你了。」

陳淑美恭恭敬敬的接過軒轅石，眾人歡呼喝采。

兩旁的隨從遞上誓詞，陳淑美左手捧石，右手高舉，當眾宣誓：「自即任灶幫幫主這一刻起，我將戮力發揚本幫精神，以性命保護鎮幫之寶軒轅石……」

那團神祕的白影落在一艘遊船的船頭，一秒之後又如跳棋似的在船與船之間縱橫穿梭，最後越上水蛙頭岸，消失無蹤。

然而這些畫面距離眾人十分遙遠，也不是空拍機能捕捉到的，因此無人知曉……

＊＊＊

兩週之後的大年初七，志達的外公家三合院大稻埕上，隆重的擺設了三十六桌慶功喜宴。早上八點多開始，來自四面八方的武林好漢都拿著英雄帖，前來向新任幫主陳淑美道賀，稻埕上人山人海，盛況不亞於當日灶幫的「武藝大會」。

志達窩在蒸籠邊，和三個俗稱水腳的打雜廚工，一同為蘿蔔刻出的玫瑰花染色，但他一點都不開心，盼著這一天趕快過去，好還他清靜。

這兩個星期來，家裡彷彿變成鬧烘烘的菜市場，不時有人上門道賀送禮，賓客川流不息。親戚朋友就算了，市長、議員這些達官貴人也來了，還有里長的親戚的親戚，朋友的朋友，八竿子打不到的人也來攀親帶故。外公和媽媽全都得熱情相迎，以禮相待，連著拖累志達也得在一旁招呼。

除了忙人的事，外公和媽媽還得籌措慶功宴，研究菜單，張羅調味品、南北貨等庖頭料，訂購雞鴨豬魚、鮮果菜蔬、汽水名酒，裡裡外外忙得不可開交。志達不僅不得空練功，還得幫忙大掃除、布置廳堂、洗切水果、準備茶水，好好的一個過年，沒吃到大菜也沒得玩，簡直悶死了。還好阿姨和姨丈暫停夜市的生意，特地從板橋下來幫忙，否則他就更累了。

「志達，你別染花了，來阿珠嬸這邊幫忙洗菜，快！」媽媽跑來喚他。

「噢！」他用手臂抹去額頭上的汗珠，吐口氣，無奈的轉移陣地。

眼前有五大桶水，裡頭都是青菜，阿珠嬸和玲仔姨坐在小板凳上咄咄咄的切著高麗菜，其他四個水腳在桶邊低頭搓洗菜葉。知道志達來了，阿珠嬸頭也不抬的說：「快！總鋪怕吃晝，不快點來不及中午開桌。」

「會嗎？」志達彎下腰，把青菜往水桶裡推擠又放開。「不是清晨五點多就開始準備了？才三十幾桌，今天的水腳又有十幾個。」

「開什麼玩笑？」阿珠嬸抹抹額頭，喘了口氣。「今天來的客人都是灶幫的大廚師，全是有頭有臉的人物，你媽和你外公精心研究最具特色的臺菜來請客，不能漏氣呀！」

「最具特色的臺菜？」志達咂了咂嘴，「有沒有魷魚螺肉蒜？」

「有。」阿珠嬸抬頭開心回他。

志達一聽興奮起來，繼續問：「紅蟳米糕？五柳枝魚？化骨通心鰻？」

「有，有，有。」阿珠嬸連連點頭，「統統有。」

「雞仔豬肚鱉？」

「啊？沒啦！這道菜需要用野生的鱉來燉才好吃，一時之間去哪裡抓三十六隻野生鱉？」

志達幾年前吃過一次「雞仔豬肚鱉」，印象深刻。還記得媽媽那時把皮球般大的豬肚剪開，露出一隻肥美的烏骨雞，又把雞肚剪開，雞肚裡居然藏了鱉肉，好像在玩躲貓貓，一鍋湯裡能吃到三種不同的肉，口感跟滋味都各有特色，湯喝起來又香又清甜，叫人懷念。

「好吧！」雖然有一點失望，不過聽到待會兒的宴席上有那麼多經典臺菜，志達還是很期待。

十幾個蒸籠疊在一起，冒出香濃的白煙，師傅起鍋炸魚，頓時空氣中香氣四散，油氣水氣交融一體。

洗完菜，剩下的都是師傅們的工作了，志達終於可以到稻埕裡溜達。

稻埕裡擠了好多人，不少已經就座，有的道貌岸然的獨自嗑瓜子，有的閉目養神像在冥想運氣，都頗有大俠的風範，當然更多人是趁著難得的機會交際應酬。走進廳堂，志達看到八張太師椅上坐滿了人，他最熟悉的便是前幫主范衛襄。

志達進去湊熱鬧，還來不及跟大家打招呼，忽然門口威武的走進一位老先生，仔細一看，是魏興的父親魏鼎辛。

他笑容可掬的向媽媽高聲道賀：「恭喜新幫主，賀喜新幫主，我們灶幫到了這一屆，那是武則天坐天，女權出頭了，這可是千百年來空前的頭一回呀！我說這是十分公平的，自古男主外女主內，在廚房邊忙活的大多都是廚娘，她們辛苦了千百年，是該還給廚娘們一個公道的時候了，呵呵呵！」

「承讓，承讓。」媽媽客氣的回應，「您能不計前嫌，還登門道賀，真是給足了我們面子，太感謝了。」

「哪有什麼前嫌？我今天特地送上一份薄禮，請陳幫主笑納。」魏鼎辛懇切的說完，轉身往門外招手，人群中擠出一個少年的身影，志達一看覺得面熟，原來是李繼程。繼程也回手一招，眾人讓開一條路，兩個大漢一人一邊捧著覆上紅巾的匾額，逐步進入廳堂。

眾人都好奇匾額上寫著什麼，紛紛站起來探看。魏鼎辛順手一揭，大紅巾掀開，「德高望重」四個大字赫然顯現。

「這禮太大了，不敢收、不敢收啊。」外公忙著作揖說。

「這四個字我不敢當。」媽媽也謙虛的說。

魏鼎辛挺胸抬頭，張開雙臂，爽朗的讚嘆道：「大家看看，這就是陳家謙卑自牧的風範呀。陳長老、陳幫主，你們就不要客氣了，陳幫主廚藝精妙，武藝高超，確實是『德高望重』，眾望所歸呀！大家說對不對？」

「對！對！對！」眾人鼓掌應和。

「謝謝大家，謝謝魏長老。」媽媽終於大方接受，鞠躬作揖，連連稱謝。

志達心想，魏鼎辛真是有肚量，自己的兒子在總決賽錯失幫主寶座，竟然不記恨，還誠心的送來大禮，令人欽佩。

對了，魏興呢？志達往稻埕上搜尋，沒有看到魏興的蹤影，倒是看到了方羽萱。她正在一張桌邊，與人招呼聊天。

「嗨！你怎麼也來了。」志達高興的跑過去和她打招呼。

「嗨！林志達。」羽萱原本面露欣喜，一聽他這麼說，馬上翹起下巴，假裝不悅。「怎麼？不歡迎我嗎？」

「不是啦！我不是那個意思。」志達搔搔頭有些不好意思的說，「只是沒想到你也會來。」

「我才剛入幫，我爸希望我多出來見見世面，認識前輩們。」羽萱說。

這時一位西裝筆挺的中年男士經過，羽萱拉住他的手說：「爸，這位就是新幫主的兒子，林志達。」

「方叔叔好。」志達連忙禮貌的點頭問好。

「你好。」方子龍掏出一張名片，笑容滿面的說，「名片上有我們家的地址，有空到北部的話，歡迎來找羽萱玩。」

志達接過名片，看到上面寫著「方子龍，魯山東麵食坊公司董事長」不禁好奇的問：「你們家有做芋泥包子嗎？我好愛吃。」

「當然有，來方叔叔家我一定請你吃。」方子龍親切的說，「話說回來，你和你爸爸長得還真像。」

「方叔叔，您也認識我爸爸嗎？」志達好奇問道。

方子龍突然變得有些激動。「灶幫中人誰不認識你父親呢！他生前行俠仗義，幫助窮人，造橋鋪路，這些就不說了。遇到有人受到欺壓，不管對手是地方財主還是政治人物，他都會挺身而出，很受到大家的尊敬呢。今天你母親贏得幫主之位，除了她個人的努力，多少也是因為他累積的福報吧。」

聽到灶幫裡的前輩這樣稱讚自己的父親，志達心裡覺得好驕傲。

「雖然你爸不在人世了，可是你要好好學習他的精神，成為頂天立地的好廚俠。」方子龍勉勵的說。

「我會的。」志達鄭重的點頭。

方子龍跟志達握握手，轉身又去跟別人打招呼了。

「嗨！林志達。」繼程也來到屋外，「恭喜你，你真的成為幫主的兒子了。」

志達尷尬的搔搔頭。「你外公送給我媽一個大匾額，比起你們，我真的是太驕傲了。對了，你舅舅魏興呢？」

「他沒來，他還在住院，傷勢不輕，恐怕還要一陣子才能復原。」

「這樣啊……」志達感到不好意思，「我該跟我媽說，叫她找時間去慰問你舅舅。」

「不用了，幫主新上任肯定有許多事要忙。」繼程貼心的說，「而且你們也不用把我舅舅的傷放在心上，我外公時常教育我，臺上是對手，到了臺下都是朋友。」

志達欽佩的點頭，然後又問：「你的爸媽呢？他們有來嗎？」

「他們住在美國。我是六年前回來臺灣跟我外公學功夫，然後等加入灶幫、國中畢業後就得回去。」

「這樣說來，你留在臺灣的時間只剩兩年了。」羽萱說。

「是的。」繼程理所當然的回答。

志達難得交到同樣喜歡武藝的朋友，誠心邀請他們：「方羽萱，李繼程，你們待會兒跟我坐同一桌，好不好？」

「恭敬不如從命。」繼程抱拳回答。

「那有什麼問題！」羽萱也爽快的答應了。不過她把嘴巴湊近志達的耳朵，輕聲補上一句：「你可不可以先帶我離開這裡，我覺得跟大人聊天、打招呼，告訴他們我幾歲、讀幾年級，還有功課好不好之類的問題，好無聊喔！」

「哈，走吧，我帶你們去喝汽水。」

志達領著兩人在屋子內外繞了一圈，然後潛進廚房從冰箱拿了汽水。

「走，我們去竹林裡走走，那裡很幽靜。」

來到竹林，遠離塵囂，三個孩子似乎都卸下一些禮貌應對的壓力，暢快的喝起汽水。羽萱一屁股坐在地上，拿起手機滑開通訊軟體，說：「喂！你們兩個男生，我們三個人來組一個群組吧？就叫做……『少年廚俠』，好不好？」

「好啊！」兩個男孩拿出手機，紛紛加入。

羽萱設好群組之後，把手機收進口袋，天真的問說：「林志達，當幫主的兒子滋味如何？」

「不怎麼樣，就像你剛才說的，一直要有禮貌的跟別人打招呼，好累呀！」

「哈哈！」羽萱和繼程都笑了。

志達一得意又說：「但我還是覺得民灶派的功夫比官灶派厲害多了。」

「不！」繼程聽了不客氣的回應：「你錯了，官灶派的功夫才是最厲害的，我們的招式結合『琴棋書畫詩酒花』，已經是藝術的境界了。」

「我爸也說官灶派的功夫略勝一籌。」羽萱也在一旁附和。

「才怪，明明是我媽贏了，事實證明民灶派功夫最強。」志達強力主張。

「你媽在決鬥的時候表現得很奇怪，一下子飄到西岸，一下子又飄回來，像是在故弄玄虛，又像是……」繼程不服氣的說。

「你沒看過撐竿跳選手需要助跑嗎？」志達用僅有的常識全力辯駁，「就是像那樣。我媽最後的衝刺需要長距離來施展力道。」

「我看不像，倒像是有幫手在暗中幫忙她。」繼程不以為然。

「你是說我媽作弊？」志達生氣的跳起來，怒目瞪著繼程。

「我沒說。我只是覺得，她在空中飄來飄去的時候，行動並不是自己可以控制的。」繼程解釋。

志達不知如何反駁，最後只能強硬的說：「不管怎麼樣，我媽贏了幫主的寶座，所以還是民灶派最強。」

眼看兩人又要爭執起來，稻埕那兒傳來鞭炮聲，志達的姨丈大喊著：「開桌了！開桌了！」

羽萱一聽連忙緩和緊張的氣氛。「太棒了，我們回去邊吃邊聊吧！但是，拜託兩位帥哥，換個話題好嗎？」接著她便拉兩人回到慶功宴上，志達找到表哥和鄰居玩伴，幾個孩子坐同一桌。

第一道菜是「四喜拼盤」，有蒜泥蝶螺、五味小卷、芋泥蛋黃卷和魚卵沙拉，都是志達喜愛的菜色，大家吃得很開心。但吃喝談笑間，志達刻意對繼程冷淡，把他當空氣一般。

這時媽媽從主桌站起來向大家舉杯。「謝謝大家前來賞光，今天小妹僥倖贏得灶幫幫主的榮銜，必定會盡心盡力將灶幫精神發揚光大。感謝大家的祝賀，這些都是頗具特色的臺菜料理，不成敬意，請大家多多批評指教。」

「新任幫主向大家敬酒了，請大家舉杯。」姨丈也站起身一同招呼。

表哥急忙給同桌的孩子們都添好汽水，在場賓客都站起來。

媽媽用丹田之力高聲說：「願我灶幫，幫運昌隆。」

「幫運昌隆——」眾人齊聲祝賀。

「乾杯！」媽媽爽快的一飲而盡，好多人也跟著乾杯。

志達灌下一大杯汽水，接著打了一個嗝，感覺暢快無比。忽然間，他聽到前面許多人驚慌的大叫：

「怎麼了？怎麼了？」

「怎麼會這樣？」

「淑美，醒醒！」

「陳幫主你怎麼了？」

志達心頭一驚，急忙跑上前去。他赫然發現好多人圍著媽媽，不斷呼喊搖晃著她，而媽媽竟倒在地上，全身發黑，口吐鮮血，昏迷不醒。

第五章 傳說中的救命祕笈

大夥兒急忙將媽媽送醫，喜宴被迫提前結束。有人食物中毒，誰還敢吃吃喝喝，豈不怕死？

是誰下的毒？

現場三百多位來賓，每一個人都有嫌疑。外公叫救護車的同時，阿珠嬸也明快的打電話報警，可惜警察到的時候，客人也差不多走光了。

眾目睽睽之下的中毒事件，警察初步判斷同桌人共飲的那瓶茅臺酒應該沒有問題，毒物很可能是被塗在媽媽所用的酒杯邊緣。警察將那瓶酒與她的酒杯收進證物袋，其他人的酒杯也不放過，全都帶回去化驗，還有負責擺設桌椅餐具的餐具公司人員，也一併被帶回警局調查。

陳淑美經過洗胃之後，總算撿回一命，但劇毒已滲入血液中，人仍舊昏迷不醒。志達憂心不已，外公急切的向醫生詢問病情，所幸媽媽的昏迷指數十三，屬於輕度昏迷，大家這才暫時鬆口氣。

醫生走後，外公讓阿姨和姨丈撐扶媽媽半坐起來，他則是脫了鞋子盤坐到她背後，一番調息運氣後，一雙發紅的手掌貼上媽媽的後背，幫她運功治療。

外公閉目凝神，雙頰泛出紅光，長眉與白鬍鬚都輕輕飄起，儼然通身氣韻靈通。可是十幾分鐘之後，外公的眉頭漸漸鎖緊，額頭上冒出豆大的汗珠，身上紅光消失，臉色蒼白。

「噗——」

外公猛的張開眼，全身往後一震，鼻孔流出鮮血，彷彿遭受劇烈撞擊，十分痛苦。

「我施給淑美的真氣，全都被反推回來了呀，有五組經脈都斷了、都斷了……嗚……」外公全身顫抖流下眼淚，整張臉血淚模糊。

阿姨和姨丈聽了先是一驚，然後低頭嘆氣，難過得說不出話來。

「什麼意思？」志達不明就理，慌張的問。

外公托著沉重低垂的額頭，虛弱的說：「心、肝、脾、肺、腎、小腸、膽、胃、大腸、膀胱，一共十條經脈……全都斷了……」

一會兒後，外公走出病房，志達也跟在後面，在外等候的灶幫長老們看見兩人迎上前來，在得知病情之後，紛紛議論起毒藥的品類。

「以我所知，大黃的毒傷脾胃，木通、馬兜鈴的毒傷腎臟，已經是非常陰毒了。」

「你說的那些都得長期服用才會毒發，除非是濃縮製劑。」

「如果是斷腸草，聽說吃了腸子並不會斷，而是發黑黏結，成了腸沾黏症。但中毒者的症狀是腹痛難忍，並不會像這樣失去知覺。」

「鶴頂紅堪稱是毒中之毒，百毒之王，凡人入口即亡。但現在陳幫主沒有生命危險，倒也不是鶴頂紅。」

「到底是誰？是誰這麼殘忍，下這麼重的毒手？我們平日沒有與人結怨，為何會落到這種地步？」外公悲憤的叫道。

「陳長老，先從毒藥研究，以毒追人，不失為一個方法。」范衛襄前幫主安慰的說。

「是誰那麼壞，想要害死我媽媽？」志達也忍不住咆哮。

「孩子，你先不要那麼激動。」魏鼎辛和藹的摸摸志達的頭，「這番聽下來，這毒藥既然能阻斷數條經脈，必然不是單方，而是複方。」

「你是說，我們淑美中的毒是綜合各種毒藥所煉成的？」外公先是驚訝，然後表情茫然的說：「這樣不是更難查了嗎？」

「依我所知，五毒草能同時傷害多條經脈，不過還得搭配蜘蛛、蜈蚣、毒蛇、蟾蜍、蠍子等五毒，才能發揮奇毒之效。只是聽說要煉製這種毒，需要煉毒人先練成『五毒陰功』才行。唉！我尚不知這江湖上，有誰會這傳說中最歹毒的功夫？」范衛襄說。

「能不能救救我媽媽？請各位長老幫我外公，一起給我媽運功，」志達咚一聲跪下懇求，「各位長老的武功那麼高強，聯合起來的話，一定會有效的。」

外公看著志達殷切的眼神，蹲下來抱著他。「志達，你剛才看到了，經脈一斷，真氣無法順利通行，只會反彈回來傷了運功的人。如果長老們一起運功，不但沒有幫助，還會害了大家呀！」

「不……嗚……」志達傷心啜泣著，大家不知如何安慰他才好。

「倒是有個祕方應該可以醫治幫主，只是……」范衛襄說著忽然停頓了。

志達一聽，急忙站起來，拉著他的手問：「什麼祕方？」

在場所有人也都好奇的側耳傾聽。

「那祕方叫做『全脈神功』，可以接續斷裂的經脈，還能使筋強骨健，聽說記載在一張自古流傳的祕笈裡，跟著軒轅石一起成為歷任幫主交接相傳的信物。」范衛襄說著臉色轉憂，「裡面還記載著五大神菜，似乎跟治病有關。」

「什麼是五大神菜？」志達好奇的問。

「我不知道，我從來沒看過這祕笈。它本來傳到前任幫主湯之鮮手上，只可惜，隨著湯老前輩過世之後，祕笈也跟著失傳了。」

「好端端的為什麼會失傳？」

「聽說是有人要搶奪祕笈，打傷了湯老前輩，他覺得無力再保護祕笈，因此將它藏起來，從此沒人知道祕笈的下落。後來他傷重不治，死前將軒轅石交付銀行信託，幫務也委託幾位長老代行，直到我接任幫主才交接到我手上。唉！這也是我後來不停更換軒轅石寄放地點的緣故，因為要提防惡人覬覦啊！」范衛襄認真的解說。

志達一聽，神色黯淡，低頭不語。

「不過……」范衛襄又說。

志達又燃起希望，忙問說：「不過怎麼樣？」

「你該不會是要說那一首口訣吧？」魏鼎辛說。

「正是。聽說湯老前輩死前留下一首七言打油詩，藏有那本祕笈的線索。」

范衛襄點點頭，看了魏鼎辛一眼，兩人一同道出：

管子登高不見天，
后羿十箭射玉兔，
吳越美女背娃娃，
節節高昇第一步。

末了，魏鼎辛補上一句：「我也是從范幫主那兒聽來的。」

「這我也聽說過。」外公神色黯淡，幽幽的說，「可惜從來沒有人解開這首打油詩，當然也無從得知祕笈的下落。」

眾人說來說去，實在討論不出個所以然來，只能安慰志達的外公不要過於傷心，就各自離開了。

一天之後，媽媽終於甦醒，可是依舊面容憔悴，虛弱無力。她不停低聲啜泣，卻因躺在床上無法動彈，一顆顆淚水都從眼角流到枕頭上，可憐的模樣讓人悲憫嘆息。

醫生測試後，發現她的手腳和軀幹完全沒有反應，只有頸部以上才有知覺。「淑美，你放心，現在醫學那麼發達，一定很快就會康復的。」外公說。外公說完看看志達，志達可以看出外公眼神中的絕望，忍不住哭了出來。

之後幾天，警察來醫院做筆錄，但媽媽對於誰是凶手，完全沒有任何想法，因為她實在想不出跟什麼人有過節。

不過警察透露了一些線索。

「據出租桌椅的餐具公司人員說，當天一早有個員工臨時生病請假，老闆正愁著不知哪裡找幫手的時候，忽然有個遊民過來攀談，問老闆有沒有打工的機會，於是就讓那個人上了貨車，幫忙擺設桌椅和餐具。那個人嫌疑重大，只可惜案發之後他就不見了，至今沒有消息。」

「遊民？」外公錯愕的說，「我們什麼時候與遊民結怨？莫非，他是受人指使？」

「這還不知道，一切都在調查中。」警察說。

「有人記下那遊民的長相嗎？」外公急切的問。

「我們有請畫家根據他們的口述畫出模擬圖，你們看看認不認識這個人？」

警察從資料夾中拿出一幅素描。

大家都湊過來看，也拿到陳淑美面前。

畫中的人左臉頰有道形狀怪異的傷疤，眉毛稀疏，眼眶深邃，額頭有三條深深的橫紋，法令紋也極深，嘴角歪斜一邊，似乎是造成那道疤的刀傷使得顏面神經受損的關係。

「不認識，從沒見過這個人……」大家的反應都一樣。

「好吧！如果你們有看到他，務必趕快通知我們。」

「那是當然。」

警察又問了幾個問題之後便離開了，然後這件案子就那麼懸在哪兒，沒有更多進展。

陳淑美在醫院待了兩個星期，驗過血，做了電腦斷層掃瞄和神經測試，卻只在血液裡發現過量的重金屬與微量的砷毒成分，並沒有查出神經斷裂的痕跡，也沒看到肌肉受傷的跡象。

「外公不是說媽媽經脈寸斷嗎？」志達困惑的問姨丈，「為什麼檢查報告又說沒有斷裂受傷的痕跡呢？」

「唉！」姨丈嘆口氣回答：「這就是中西醫的差別，中醫以無形之氣感應出經脈寸斷，西醫卻查驗不出損傷，事實上人已經傷重癱瘓了，儀器還是說沒事。」

志達聽完解說卻無法解惑，心中更加煩悶。

幸好媽媽還能吃喝，沒有立即的生命危險，只是胃口極差，需要靠點滴與維他命來補充營養。外公不願放棄，請知名的中醫師為媽媽診脈，得到的答案一樣是「經脈寸斷」。

「這奇毒已經攻心入脈，造成極大的損傷，想靠藥石治癒的機會渺茫，而且受傷的經脈會因為長久沒有運動，日益萎縮。」中醫師語帶保留的說。

「針灸有效嗎？」外公心急的問。

「全身各處進行針灸，或許能護住已斷的經脈不任其萎縮，但是也無法將已經斷裂的經脈接回來。」中醫師說。

群醫束手無策，外公只好把媽媽帶回家自行照護，等待奇蹟。

幾天後，阿姨和姨丈回板橋，白天志達上學，由外公照顧媽媽，等志達放學後便接替工作，在媽媽旁邊寫功課陪她說話。

「這樣活著沒有意思，我不想活了……」媽媽常常以淚洗面，神情憂鬱。

志達聽了傷心不已，卻也只能儘可能的安慰她：「我一定會想辦法把你治好的，你再忍耐一陣子。」

「我不想像個廢人似的活著。讓我死，誰敢阻攔，我就……」媽媽的語氣裡充滿了怨恨。

「媽，外公一定會為你找最好的醫生，你不要生氣呀。」志達儘量安撫。

他勉強擠出微笑幫媽媽拭去臉上的淚痕，但轉過頭卻眉頭緊皺，心情無比沉重。

第六章 叫人萬分困惑的口訣

綠草如茵的公園裡，陽光燦爛，爸爸手上拉著一條長線，線上的大風箏正迎風飛起。

那風箏像拍著翅膀的老鷹，漸漸遠離地面，愈來愈小，投入了藍天白雲的懷抱。幼小的志達看著風箏，興奮的手舞足蹈。

「我要，我要。」嬌小的他踮起腳尖，急切的請求著。

「好，拿好喔！」爸爸把手中的線交給志達。

志達才接過手中，忽然一陣大風吹來，風箏受力往上揚起，他的小手沒能即時用力拉住，白色的線瞬間消失在光線中。

「啊，不見了……風箏不見了，爸爸幫我……」志達著急的找爸爸幫忙。

但他回頭卻只剩下自己一個人，四周也沒有爸爸的蹤影。

「啊，爸爸，你在哪裡？爸爸……」

一陣天旋地轉，志達從狂亂中驚醒，才知道自己趴在媽媽床邊的桌上睡著了，夢見了小時候的事情。

他發現自己臉上溼溼的，伸手一摸，是淚水。他忽然沒了睡意，轉頭看看床上的媽媽，又看看手機上的時間，凌晨兩點。

他心情低落的回到自己的房間，看見牆上掛著的全家福。

好久沒有夢見爸爸了，他在另一個世界還好嗎？雖然還有外公支撐著這個家，但畢竟他年紀大了。

「如果爸爸還活著……」

如果爸爸還活著，他一定會想盡辦法救媽媽，志達就不用成天擔驚受怕。

志達想一肩挑起責任，照顧媽媽，找出凶手，卻覺得肩上的壓力沉重無比。

爸爸已經過世了，如果媽媽也死了……

他忍不住啜泣起來……

＊＊＊

幾天之後的晚上，有幾個灶幫成員來到家裡，說是陳淑美現在無法管事，應該讓出幫主一職。他們希望她交出軒轅石，由魏興暫代幫主之位，尤其灶幫接下來所舉辦的「企業盃廚藝大賽」正在進行初選，沒有幫主負責監督籌畫是不行的。

「不可能！別說淑美現在還有意識，就算發生什麼意外，也還有我暫代幫主之職，輪不到他魏興。」外公生氣的說。

然而來人卻不服氣。「可是當日進入決賽的人只有陳淑美和魏興，只有他們兩個有資格。要不然就交出軒轅石，重新召開武藝大會，選拔新幫主。」

對方咄咄相逼，外公也回以威嚇，雙方討價還價，終於做出結論：如果一年之內，陳淑美沒有恢復正常，陳家便得交出軒轅石，重選幫主。

面對內外交迫，外公心力交瘁，志達也心亂如麻，不知如何是好。

自從意外發生以來，志達就常在他和羽萱、繼程的三人群組裡抒發心情，另外兩人也都好言安慰和鼓勵他，雖然於事無補，但至少讓志達覺得不那麼孤單。

媽媽接手經營辦桌團以來，外公就處於半退休的狀態，這會兒他考慮著是否要重操舊業。可是那樣的話，就必須請看護來照顧媽媽。在跟阿姨商量過後，阿姨建議將媽媽送去板橋一間附有針灸治療的安養院，一來適合媽媽的病情，二來也可以讓志達借住她家，就近照顧他們母子兩人。外公考慮了幾天答應了，他留在臺南繼續辦桌，好賺錢支付安養院的費用。

志達決定轉學到板橋後傳訊息給羽萱，探問到她就讀的國中，剛好離阿姨家不遠。阿姨為了幫助他快速適應新環境，做了些安排，最後志達順利的跟羽萱同校，算是這陣子以來少數值得開心的事。

離開臺南時，媽媽交代要把灶幫信物「軒轅石」一起帶去，交由阿姨保管。

經歷了一番折騰，一切總算步上軌道。只不過安養院的中醫師也說媽媽的情況非常糟糕，即使天天進行針療和艾灸，也只能不讓經脈萎縮，並沒有積極的治療效果。

新環境和新學校都令志達處於陌生的倉皇中，另一方面媽媽的病情也沒有好轉。尤其來到板橋之後，媽媽一人個待在安養院，常常發呆流淚，整個人消瘦枯萎。還好羽萱有時下課會來找志達聊天，讓他不至於感到太無助。

這一天，羽萱在下課時來找他。

「你還習慣嗎？我看你每天都悶悶不樂的。」羽萱關心的問著。

「唉！我只希望我媽趕快好起來，可是醫生說機會渺茫。」志達搖搖頭說，又陷入自怨自艾的情緒裡。「我唯一的希望就是得到那本祕笈，練成『全脈神功』來救我媽。可是，那似乎只是一個傳說。」

「我不覺得那只是一個傳說，俗話說『無風不起浪，事出必有因』，會有這種傳言，多半都是有原因的。」羽萱想了想說。

志達一聽燃起一絲希望，不自覺唸出那首在心中重複無數次的打油詩：

「管子登高不見天，后羿十箭射玉兔，吳越美女背娃娃，節節高昇第一步。」

「空知道這首詩也沒用，還是得破解它才能找到祕笈啊。唉！」反而是羽萱無奈的嘆口氣。

「我在網路上搜尋過，詩裡的管子是管仲，他登高爬山，應該離天愈來愈近，怎麼會說不見天呢？后羿是嫦娥的丈夫，這沒有問題，可他十箭是要射十個太陽的，怎麼會射玉兔呢？難道嫦娥奔月讓他這麼生氣？吳越美女又是誰？」志達丟出一連串的疑問。

「西施吧。」

「她有生孩子嗎？」

「我不知道。」

「西施和后羿又有什麼關係？」志達摸不著頭緒。

「我哪會知道？」羽萱把雙手一攤，做了個怪表情。

兩人的討論沒有結果，最後決定找繼程一起加入解謎，多一個腦袋一起想，希望總是比較大。

那天回家後，志達在群組上說明自己的疑問，剛好繼程和羽萱都在線上。

繼程：從最後一句話看來，我推測那可能跟一個位置有關。

羽萱：也許是一個地點。為什麼后羿要射玉兔，不是天上有十個太陽，要射太陽才對嗎？

志達：玉兔代表月亮，難道是有十個月亮的意思嗎？

繼程：如果有十個月亮，那麼那十個太陽哪裡去了？

志達：西施背娃娃是要回娘家嗎？她的娘家在哪裡？

繼程：越國。

羽萱：越南？

志達：方羽萱，我沒有心情開玩笑。

羽萱：對不起。

繼程：越國是浙江省一帶。春秋時代吳越交戰，吳國是在江蘇一帶。我的曾祖父來自大陸湖南，因此我對那裡的地理很有興趣。

羽萱：我們是從山東來的。

志達看著群組中的討論，心想：「難道跟蘇州菜、江浙菜有關？」繼程似乎提供了一條線索，他沒有回傳，決定去問問廚藝高超的媽媽。

他去到安養院，跟媽媽轉述剛才群組裡的對話。

「嗯……」媽媽吟哦了一會兒，強打精神說：「如果是地點或位置，那麼我覺得『吳越美女背娃娃』不是回到江蘇和浙江。據說湯之鮮老前輩七歲時就跟著國民政府和家人逃難來到臺灣，而他在過世之前並沒有回去過大陸，因此應該不可能把祕笈帶回江蘇和浙江。」

媽媽想了一會兒又說：「如果吳越美女是西施，西施背娃娃，或許強調的是她的背後。」

「她的背後有什麼？」

「背後……背後有長髮，或者是經脈，脊椎兩側有經脈……西施髮……西施經脈……西施脊椎……西施脊……」

「有『西施脊』這種東西嗎？」

「有。」媽媽一本正經的說，「閩南建築的屋脊上，那些富裕的大戶人家，會在上面裝飾交趾燒或剪黏，就叫做西施脊。」

「有在西施脊上節節高昇的東西嗎？」志達想到謎題中的最後一句。

「節節高昇是指階梯嗎？啊，寶塔，有可能是寶塔，雖然一般在西施脊上擺放福祿壽三星比較多。」

志達趕緊點開手機在網路上查詢，看到一些廟宇確實在屋脊上會擺設寶塔。

「假設祕笈真的在屋頂上，我該怎麼上去拿呢？」志達喃喃自語。

「簡單，叫你阿姨用輕功跳上去就行了。只是得確定位置，否則要阿姨到處去試，會把她累壞的。」媽媽苦笑說。

志達忽然想起一個長久以來藏在心裡的疑問，因此轉移話題問道：「媽，為什麼你一定要爭奪幫主的位置呢？」

「你問這個做什麼？」媽媽顯然沒有料到志達會提起這件事。

「當幫主很好嗎？」志達不罷休，繼續追問。

「我是想完成湯老前輩生前的遺願。」媽媽感慨的說，「他在任內曾倡議進行改革，消弭官民之分，再結合各大菜系名廚，希望完成灶幫大融合。但沒有得到大家的支持，灶幫內部仍然各自擁護自家的菜系，持續門戶之爭。」

「為什麼大家不支持呢？」

「很多人總是認為自己比別人偉大。當時外婆也十分支持這理念。如果不是因為受傷，我也希望自己能實現這個心願，因為這是一件很有意義的事，需要有人出來倡議，並且努力實踐。」媽媽又說。

「可是這並不值得你花那麼多時間和精力，不當幫主，一樣可以去推廣理念，不是嗎？」志達說出藏在心中許久的疑惑，「還有我一直聽到你和阿姨提到『真相』兩個字，你到底要找什麼真相？」

「這……」媽媽欲言又止，不久後悠悠的說：「傳聞幫主所保管的那顆『軒轅石』具有穿越古今的神力，我很想證實看看。當初我拿到軒轅石之後，曾探問范衛襄前幫主，但他雖聽人說過，卻不知道如何讓打火石顯現這項神力。他曾經嘗試拿鐵片與打火石相互敲擊，打出了火星，但僅止於此。我拿到之後也試過，但沒有什麼特別發現，我猜應該要經過什麼特殊的程序或咒語吧。」

志達沒想到那顆打火石還有這樣的能力，覺得太不可思議了。「你想回到過去做什麼呢？」

「沒做什麼，你不要再問了。」面對志達的追問，媽媽明顯不悅。「我累了，你也該回去寫功課了。阿姨和姨丈去夜市擺攤，你要幫忙阿姨分擔家事，畢竟住在人家家裡……」

「知道了。」

志達悶悶的回到阿姨家，才剛進大門，手機便響起咚一聲，打開一看，是羽萱傳來的訊息。

羽萱：明天週六放假，你要不要來我家玩？

志達：我沒有那個心情。

羽萱：別這樣，出來散散心嘛！我家很近的。

志達：你家有什麼好玩的？

羽萱：我家旁邊就是包子工廠，生產很多包子外銷世界各地，有芋泥包、豆沙包、蔥肉大包、流沙包……還有，我媽想見見你。

志達：見我做什麼？

羽萱：她想看看現任幫主的兒子長什麼樣子，她一聽到我認識幫主的兒子，就要我邀請你來我家裡，雖然她並不是灶幫的成員。

志達遲疑了好一會兒，想起自己好久沒有吃到喜愛的芋泥包子了。

志達：好吧！

羽萱：明天早上九點，約校門口見。

志達：好，明天見！

突然間，一個黑色的人影在志達的餘光中閃過，他警覺怪異，急忙放下手機，把電燈打開，赫然發現廚房、客廳、房間和廁所，到處被人翻箱倒櫃，但是四周不見人影。

「怎麼會這樣？奇怪？人躲到哪裡去了？」他驚訝的說。

接著一個影子快速從窗簾後跳出陽臺，志達先是一愣，然後跑到陽臺欄杆邊，只見一個人影從五層樓高的公寓往下一躍，瞬間就跳上馬路，越過大街，消失在對面的巷口。

「好厲害的輕功。」志達讚嘆著。

等那人走遠後，志達想到萬一他有刀有槍，必然會傷害自己，這才害怕起來。

第七章 可疑的蒙面怪客

他打電話跟阿姨說這件事，阿姨原本在夜市做生意，接到消息匆匆趕回家。阿姨一回家就到廚房打開冰箱察看，再一一檢查櫥櫃。

「還好。」阿姨鬆口氣，安撫志達說：「別擔心，像這種公寓經常遭小偷光顧，所以我家裡不會放什麼值錢的東西。以後記得門窗關緊，萬一真的發現小偷，別跟他起衝突，讓他走就好了。」

原來是遭小偷，志達聽阿姨說得那麼稀鬆平常，似乎是都市的常態，自己反而大驚小怪了，於是幫忙阿姨收拾好之後便回房間休息。

隔天早上，志達準時赴約，在羽萱的引領下，兩人穿街走巷來到隱身在巷子裡的宅邸。志達一抬頭，驚訝眼前所見，羽萱家簡直可以說是一個大莊園，前方有綠樹水池的院落，房舍本身是四層樓的別墅，裡面裝潢得美輪美奐，後頭還有同樣四層樓高的公司和一座占地廣闊的大工廠，工廠大門正對後方的大馬路。

「志達，你來了。歡迎啊。」羽萱的媽媽見了他滿臉笑意的說。

「方媽媽好。」志達有禮貌的鞠躬。

「爸！林志達來了！」羽萱朝屋裡叫喚。

「別叫了，你爸剛接到客戶的電話，出去談生意了。」

「今天是周六，還談什麼生意？」羽萱噘起小嘴，不高興的說。

「唉！當老闆的人，哪有什麼假日呢？」方媽媽說完，又轉對志達說：「搬來板橋還習慣嗎？媽媽現在情況如何？我和羽萱的爸爸過兩天想去探望她。」

「我還好，我媽也還好，每天都要進行針灸治療。」志達想起外公曾交代過的話，便客氣的說：「外公說我媽需要靜養，暫時不接受訪客，謝謝方媽媽的關心。」

「不會，那我們等她好一些再去拜訪。」方媽媽說完走進廚房，端出一盤熱騰騰的包子，熱情的說：「來，嚐嚐我們家的包子，這幾個都是招牌的口味：蔥肉大包、芋泥包、奶黃包、豆沙包、芝麻包、流沙包……看你想吃什麼。」

「我們家的包子不止在臺灣熱賣，還行銷世界，中國大陸、日本、韓國、加拿大、美國……連老外都愛得不得了。」羽萱抬起下巴，驕傲的介紹。

志達先拿了一顆自己喜歡的芋泥包品嚐，沒想到裡面的芋泥餡除了有芋頭的香氣，還伴隨奶油香，口感滑順又保留了一些可滿足咀嚼快感的顆粒，不禁讚賞說：「好有滋味的內餡，口感也好豐富。」

「那是把頂級的大甲芋頭蒸熟後，一半攪成泥，一半切小丁，再加入新鮮奶油和紅砂糖拌在一起做成的。」方媽媽仔細的解說。

志達接著挑了蔥肉大包，覺得內餡多汁香濃，外皮膨鬆有韌性，而且裡面有一股微微的酸味，讓他眼睛一亮。「這個皮很不一樣。」

「吃出來了吧！我家包子最精采之處就在這皮，獨門祕方，別家沒得比，因為產量不多，只用在蔥肉大包子上。」羽萱得意的說。

「什麼祕方？」志達好奇的停下動作，一雙眼睛睜得大大的。

「既然是祕方，當然就是不能說的祕密。」羽萱瞇起眼睛故意賣關子，卻又笑著說：「好吧！告訴你也沒關係，反正別人也學不來。不過你得先……」

「是千年老麵啦！」方媽媽大方的揭曉答案，似乎不怕人知道。

「哎唷！媽，你幹麼搶人家的話，害我失去一個好機會。」

「你又想幹麼了？不准作弄人。」方媽媽很懂得女兒的個性。

「沒有啊，我只是想知道陳幫主平常是怎麼練功的？」羽萱說完，把臉湊到志達面前，「告訴我，民灶派最厲害的功夫是什麼？你媽都會嗎？」

「我聽我外公說過，我們民灶派的功夫有：肘法、劍法、拳法、掌法、腿法和輕功。我媽當然都會。」志達得意的說。

羽萱不放過志達，決定打破沙鍋問到底。「我爸跟我說，我們官灶派最厲害的就是書畫同源的『書畫廿六劍法』。你們民灶派呢？」

「應該就是『米葉六劍』和『洌醋五劍』吧！」

「哇，聽起來雖然有點土，但也是很厲害的樣子！」

「哪會土？」志達不高興的反駁，「我們用柴米油鹽醬醋茶來命名，只是比較生活化而已。」

「方羽萱，沒禮貌。」媽媽數落女兒，然後又接著對志達解釋。「我來說說我們家老麵的典故。那可以追溯到唐朝安史之亂，唐明皇逃難到四川時期，到現在已經有一千多年的歷史了。」

志達一聽，驚訝不已。「不會吧？麵團放個兩天不就酸掉了嗎？」

「是啊！」羽萱在一旁說明，「每天做包子時，會把前一天的老麵混進新麵粉裡，揉成麵團之後切一部分下來，留到明天重複相同的步驟，完全不用現代的酵母粉，那就是我們的祕方。」

「你是說每天都留下一部分麵團，就這樣持續了一千多年？」志達覺得很不可思議。

「沒錯。」母女倆同聲應答。

「你們是怎麼得到這老麵的？買的嗎？」志達好困惑。

「你先坐下來，讓我慢慢說給你聽。」方媽媽等志達坐到沙發上才又接著說道：「方家的祖先是唐明皇的御廚，後人遷移到山東謀生，就把這老麵一代一代的流傳下來，經歷了宋朝、元朝、明朝、清朝，到了一九四九年，羽萱的曾祖父和爺爺隨著國民政府逃難，就這麼跟著來到臺灣了。」

「你剛才吃的蔥肉大包，跟唐明皇吃的是一樣的。」羽萱開玩笑說。

「楊貴妃一定也吃過。那時候不叫做包子，叫做籠餅。」方媽媽也笑著說。

志達一臉若有所悟的表情。「哇，竟然是同一株酵母菌呀！真不簡單。」

「確實很不簡單，這全靠每一代的方家祖先日日守護著麵團啊！」方媽媽正色說道，「只要其中一個人把它搞丟或弄死了，方家老麵就絕種了。」

志達想了一會兒，問羽萱說：「你剛剛說你們是官灶派的，那不就跟那個魏興一樣?」

「是啊!」

「到底什麼是官灶?什麼是民灶?」

「這……」羽萱一時回答不出來,愣愣的轉頭看向媽媽。

方媽媽點頭說:「我聽我先生跟幫裡的長老聊過,所謂的官灶派,就是以前的大內御廚,王公貴族和富商巨賈的家廚們組成的派別;至於民灶派的成員則是市井攤販、酒樓飯店的廚子們。」

「噢,原來如此。難怪你們要用『琴棋書畫詩酒花』來給功夫取名字,那麼浪漫,原來是跟主人家學的。」志達恍然大悟,又接著問:「你們家也有傳統的大灶嗎?你們的灶跟我們的灶一不一樣?」

「走,我帶你去看。」羽萱站起來,拉著志達往房子後頭走去。

兩人來到別墅後面的遮雨棚下,羽萱指著角落的一個大磚灶,興奮的說:

「看!我爸為了練功,特地保留了這個大灶,當年屋子翻新的時候,不但沒有把它打掉，還加鋼筋重造呢！」

「哇，官灶果然不同凡響，比我外公家的大上兩倍。」志達好驚喜。

「我爸說用柴燒大灶，燒出帶柴味的水氣，能促進練武之人的氣血循環，提升功力，而且劈柴的動作能練丹田來鞏固元神，可說是一舉兩得。」羽萱又說。

「我外公也是這麼說。」

「要不，我們現在就來練功？」羽萱臨時提議。

「好啊！我好久沒練功了，都快荒廢了。」志達高興的說。

兩人劈完柴燒好水後，志達說：「劈柴時蹲下馬步，舉起斧頭過頭，先吸口氣到肚子，意貫丹田，然後用意念往下劈開木頭，這才能從嘴巴把氣吐出來。」

「這我知道，我爸還說我年紀小，一天練個七七四十九次就好了，不要貪多。而且平日行動的姿態，要站如松、坐如鐘、行如風、臥如弓，練出來的氣才能時時涵養著，不會外散消失。」羽萱也說。

「哇，真有意思！」志達聽到過去不知道的小訣竅，非常開心。

接著兩人練起君子掌和果拳，彼此切磋、糾正對方的動作。

練得正起勁的時候，方媽媽跑來說：「羽萱哪，你爸剛才打電話來，說臨時有一個重要的客戶，要我陪他應酬，我現在要出門了。志達，中午留下來吃飯，想吃什麼就跟阿弟說，把這兒當自己家，不要客氣！」

「好。」志達開心應允。

方媽媽走後，志達問羽萱：「阿弟是誰？」

「她是從越南嫁來臺灣的新住民，在我們家幫忙煮菜，雖然她不會武功，但煮菜的技術可是一流的，不管是臺灣菜或是越南菜都很好吃。」羽萱說。

「女生為什麼取名叫阿弟？」

「她叫阮招弟，她說自己的父母連生了五個女孩，想生男孩，所以把她取名叫招弟。」

「想不到越南那兒還是重男輕女。」

「對了，我差點忘了告訴你，阿弟的兒子跟你同班，他叫劉安南。」

「是嗎？我不認識。」

「不怪你，你剛轉學不久，班上同學沒認識幾個吧！」

方媽媽出門不久阿弟就拎著菜籃回來了，志達看見一個挽起長髮的美麗婦人跟他點點頭。「太太跟我交代過了，你是今天的貴賓，有沒有特別想吃什麼？」

「他跟劉安南同班喔！」羽萱調皮的說。

「啊，真的啊！」阿弟興奮的說，「這樣我更要好好的招待你了。」

志達顯得有些不好意思。「我沒吃過越南菜，想要吃看看。」

「當然沒問題。」阿弟說完便拎著一大包菜走進廚房準備。

「我聽阿弟講國語很標準，一點都不像是外國人。」志達好奇的問羽萱。

「她其實是越南那兒的華人，聽她說，他們的祖先是清朝末年從廣東移民過去的，他們在越南還是會講國語和廣東話。」

「原來是這樣啊！」

兩人繼續練功，陣陣奇特的香味漸漸從屋子裡飄出來，害志達一直吞嚥口水。半個小時後，阿弟從屋裡喊他們：「羽萱、新同學，來吃飯了。」

雖然只有志達和羽萱兩個人，阿弟卻準備了滿滿一桌菜，有牛肉丸河粉、涼拌花枝、香椰沙嗲、越南春捲和蝦醬空心菜，都是志達很少見的菜色，實際嚐了之後，魚露的怪味和青檸的香酸，更是讓他感到既新奇又特別。

吃飽之後，羽萱帶他去二樓參觀房間，她的房間裡有一張特大號的彈簧床、整個書櫃的藏書，還有一櫃子的絨毛娃娃。

「這些都是我的書，我喜歡讀歷史故事跟愛情小說。」羽萱介紹。

「我比較喜歡讀勵志的漫畫，還有科學偵探的故事。」志達笑著說。

接著兩人來到三樓書房，那裡四面牆壁都塞滿了書，簡直可媲美一間小型圖書館。志達看來看去，發現有許多鑽研武術的書籍，似乎很有意思，便問說：「我可以借幾本回家看嗎？」

「不行！」羽萱斷然拒絕，並且隨手拿起一本翻開，露出鮮紅的藏書章。

「我爸的書是不借人的，他總是說書要自己買，因為書是精神糧食，具有雅淨的氣息，能給他許多靈感。如果把書借人，很容易沾染別人的濁氣，會害他以後讀起來體會不出心得。」

「哈！你爸好小氣。」

「才不呢！他花錢請客可是很大方的。」羽萱為爸爸辯解。

「既然不能借書，」志達想來想去，然後說：「不然你帶我去工廠參觀一下，我還沒見過包子工廠呢！」

「可以呀！只是今天假日工廠沒開工，你看不到生產的實況。」

「沒關係。」志達一副興致勃勃的樣子。

他們走出別墅後門，來到與住家相鄰的包子工廠。

包子工廠極為寬敞，又深不見底，裡面有許多走道和機器，到處黑黝黝的，一進去立刻感到一陣涼意。

羽萱走在前頭充當導覽人員，一一介紹：「這一條輸送帶是葷肉包專用的生產線，那邊三條是素食的。蔥肉大包是葷的，芝麻包是純素，其他的都是奶蛋素，不能混在一起。」

「想不到分這麼細。」志達跟在後頭，驚訝於自己眼前所見，想必真正上工時，這裡會更有看頭。「改天我想來看生產的過程。」

「好啊！放學後來找我就可以看到了。」

「我……」志達還有話要說，忽然被人摀住嘴巴，一把抱走。

羽萱聽到聲音察覺不對，回頭看見一個黑衣人擄走了志達，往工廠深處跑去，她嚇得急忙追過去。

黑衣人在走道間轉來轉去，似乎不知道該往哪走。志達掙扎了半天，終於掙脫束縛，把人推開，卻看見眼前的黑衣人用黑布蒙住了臉，不知道他的真實面貌。

「你要幹什麼？」

黑衣人不答話，出手要抓他，他急忙用托月菊花掌撥擋。黑衣人再度伸手朝他抓來，他情急之下用磅礡鳳梨拳反擊，對方轉身得空朝他背後推了一把。

志達被黑衣人一推，腳步不穩，差點倒在地上，情急之下拿起身邊一個東西往人砸去，一個鐵盆正中黑衣人的頭。黑衣人抱頭叫了一聲，蒙在臉上的黑布不小心被鐵盆掀開，隱約露出了臉上的一道疤痕。

「別跑！站住！」羽萱追過來，跟黑衣人打起來。「林志達，你快跑。」

他掙扎著起身，拖著無力的右腳轉入一個彎道，倉皇的到處亂繞。

羽萱不是黑衣人的對手，兩三下就倒在地上。黑衣人朝志達逃走的方向追去，一連轉了好幾個彎卻都找不到人，卻聽見羽萱大叫：「救命！阿弟救命！」

阿弟聞聲而來，著急大喊：「發生什麼事了？羽萱，你在哪裡？」

「我在這裡。」

阿弟找到羽萱後，羽萱焦急的說：「你趕快去找志達，不要讓他被壞人抓走。」

阿弟在工廠裡到處搜尋，然而不但沒有看見黑衣人，也找不到志達的蹤影。

羽萱一邊傷心的哭泣，一邊說：「嗚……怎麼辦？林志達被人抓走了，林志達被壞人抓走了……」

第八章
千年老麵的神奇威力

志達熟練的在磚灶生起火，火光趕走了黑暗。

他在滿鍋清水中加進一大匙粗鹽，又在灶口裡加柴添糠，火勢轉而旺盛，屋子裡瀰漫著焦中帶香的柴燒味。熱水漸漸滾出蟹眼般水泡，接著翻大如魚眼，鍋中傳出滾滾浪濤的聲響，水氣奔放蒸騰使得滿室氤氳，白霧茫茫。

看看差不多了，他急忙跑到媽媽房門叫喚：「媽，我準備好了，可以來練功了，媽，你在哪裡？媽……」

他到稻埕、廁所、客廳、每個房間一一尋找，到處都找不到媽媽。

難道媽媽沒能挨過身上的奇毒，已經死了嗎？

「不要！」他心中一驚，恍然夢醒……

然而眼前仍然伸手不見五指。

在黑暗的密閉空間內，氣溫異常寒冷，猶如冬夜寒流來襲，而他身上只有薄薄的長袖春衣，因而不停發抖，還把身體蜷縮起來。

砰——砰——砰——

他再度爬起來搥門。

「開門！開門，幫我開門啊……」

志達不知道連續搥打那厚重的鐵門多少回了，一雙手又腫又痛。雖然不甘願就此放棄，但是他已經誤打誤撞，被關在這冰冷的冷藏櫃裡好久、好久。還要繼續求救嗎？要是冷藏櫃隔絕了聲響，根本不會有人聽見呢？

「啊——」他受不了焦躁煩悶，大聲吶喊。

怎麼都沒人發現我在這兒呢？難道這兒平常沒有人來巡邏嗎？還是鐵門太厚重，無法將求救的聲音傳送出去？那個蒙面人是誰？為什麼要抓我？他是毒害媽媽的那個壞人嗎?還是到公寓闖空門的那個人?

他再次打開手機,時間是下午四點五分,但這兒完全收不到訊號,就連電池也快沒電了。他曾經抱持樂觀的想法:沒關係,就算真的出不去,只要等到星期一工廠上班,工人一定會發現他的。

不過看來是他太樂觀了。因為他漸漸感到呼吸困難,這才意識到冷藏櫃裡空氣稀薄。他躺下來減少活動量,想學大熊在山洞裡冬眠那樣睡個兩天,一切就會過去的。

是的,他安慰自己,一覺醒來一切都會過去的……或許有人來救他脫離險境,也或許他已經離開人間,去到另一個世界,跟爸爸相見……

「啊——」窒息般的暈眩和噁心同時襲來,志達彷彿被人掐著脖子,從昏沉迷茫中猛然驚坐起來。

「呼——呼——呼——」呼吸好急促,他還聽見自己的心跳如戰鼓般狂敲,他不自覺的張開嘴,伸長舌頭,似乎這樣可以吸取殘存的微薄氧氣,只可惜徒勞無功。

他打開手機，時間是晚上的十二點三十五分，距離他被關進這兒的時間，已經過了十一個小時。

早知道就不要開這道門。早知道就不要躲進去。早知道就不要把門關起來。誰知道，它一關上就自動反鎖，等到他想離開時，卻怎麼也打不開。

已經有感覺了。就像游泳時憋氣潛進水中，發揮最大的極限到了兩分多鐘，渴求一次新鮮的呼吸——那是死亡的感覺。

他忽然起身瘋狂的走來走去，撞倒牆壁就轉頭，跌倒就爬起來，反正已經失去疼痛感。這就像人們說的人死前的迴光反照吧！他這樣告訴自己，內心異常平靜，接著，砰一聲，他似乎撞倒了什麼東西，整個人跌在地上。

他伸手一摸，那東西軟軟的，溼潤、富有彈性，黑暗中他無法辨識，只得把手湊進鼻子嗅聞，結果聞到一股奇特的氣味。

接著，他又伸手摸摸物體的形狀。

「咦？難道這是一桶麵團。」志達心想。

他把手指伸進嘴巴嚐嚐，果然吃出了濃濃的酵母味，還有淡淡的酒精味。沒錯，這是麵團。就在這一瞬間，他的胸腔中竟灌進了一道新鮮的空氣，整個人精神煥發。

他驚喜萬分，心想：「這麵團裡面有氧氣嗎？不會吧！」他記得在書上看過，酵母菌適合在缺乏氧氣的環境下發酵，而且只會產生二氧化碳和酒精。這到底是怎麼回事？

有了餘力思考後，他感到一陣飢餓，便不管三七二十一的伸手抓取麵團，張開嘴吞了下去。隨著麵糰一口口下肚，他感覺氣血再次在體內循環，身體愈來愈熱，宛如吃了什麼大補丸，直到把整桶麵團都吃光了。

深處黑暗之中，但志達的腦海卻有如點了一盞明燈那般異常清晰，那些曾經背過又遺忘的課文、英文單字、數學算式，怎麼不請自來？他甚至想起小時候的事情，七歲入學時哭泣不肯放開媽媽的手；五歲時上幼稚園，園長講的那一席話；三歲被爸爸抱去醫院打疫苗，那針頭扎下時的疼痛感；還有黑暗中有人甩動他的身體，打了他的屁股，他不舒服的痛哭，吸到人生第一口氧氣，帶著鹹鹹的血腥味……

「對了，那首七言打油詩呢？管子登高不見天，后羿……」不等他唸完，腦中即刻明亮的出現幾個大字：孔廟屋頂西施脊寶塔中。

「啊，怎麼會這樣？踏破鐵鞋無覓處，得來全不費功夫。」

既然恢復體力，他便站起來繼續搥打鐵門喊叫：「救命——」

伴隨好大一聲砰，門鎖應聲斷裂，整道鐵門輕易就被打開了。

志達逃出去的第一件事，就是跑去找羽萱。

別墅裡頭一片漆黑，似乎羽萱和家人都已上床睡覺，前後門都上了鎖，他無法進入屋內。

為了不打攪到其他人，他只好來到羽萱房間外的陽臺下，輕聲的呼喚：

「方羽萱……方羽萱……」

沒有動靜。

「方羽萱……啊……」這次他跳起來，想讓聲音靠近一點，卻沒想到這一跳竟然離地兩公尺高，把自己都嚇了一跳。

他踉蹌的跌在地上，但並不感到疼痛。

難道我不但力氣變大，連身體都變輕了？志達疑惑的心想，接著謹慎的蹲下來往上跳。

咻——沒想到，這一躍竟然跳上了陽臺。

志達定了定神後，輕敲落地窗玻璃。

「是誰？」羽萱顯然還沒入睡，她驚慌的又問：「是誰在陽臺那兒？」

「是我，林志達。」

房間燈光亮起，落地窗跟著打開。

「你……」羽萱看見志達活生生站在自己面前，張大眼睛，嘴巴也忘了閉起，驚訝得說不出話。

下一秒，積壓了半天的擔心和愧疚瞬間化成潰堤的淚水。「哇……嗚……」

「別哭，別哭，」志達興奮的說：「我解開那首打油詩的謎底了，就是『孔廟屋頂西施脊寶塔中』，接下來就是要找出是哪一間孔廟，全臺孔廟不算多，應該不難找。」

「等一下。」羽萱察覺不對，停止哭泣。「你怎麼上來的？」

「跳上來的。」志達坦承回答。

羽萱走出陽臺往下看，回頭問：「這高度少說也有三公尺，怎麼可能？」

「我也不知道怎麼會這樣，反正我現在力氣變大，身體也變輕了。」志達聳聳肩，無辜的表情中帶著驚喜。

「你不是被那個黑衣人抓走了嗎？」羽萱急切的問。

「沒有，我趁他摔倒時候逃跑，在工廠裡發現一道鐵門就打開它躲進去，想不到那是個冷藏櫃，一進去就被反鎖在裡面，等到我想出來時，怎麼也打不開。不論我怎麼大聲呼叫，敲打鐵門都沒有用。」志達詳細的說明事情經過。

「天哪！你居然跑進了工廠的冷藏櫃。」羽萱驚訝的說，「我以為你被人擄走了，急得不得了，通知我媽要她報警，可是警察說得要失蹤四十八小時才能受理。然後我媽打電話給我們班的導師，跟她要了你們班導師的電話，然後又向她要到你阿姨的電話，那時已經下午五點了，你阿姨正準備在夜市擺攤，旁邊人聲吵雜，聽不懂我媽在說什麼……」

「先不管這些。」志達興奮的把自己的重大發現再說一次，「我解開那首打油詩的謎底了，就是『孔廟屋頂西施脊寶塔中』。」

「哦，怎麼說？」羽萱帶志達回到房間，把落地窗關上。

志達坐上一把椅子，急切的說明：「第一句『管子登高不見天』，管子不是人名，是『孔』洞的意思，登高是爬山『丘』，孔丘就是『孔子』，因為孔子名丘。」

「你講慢一點。」羽萱聽得有些吃力，不禁哀求說。

接下來志達放慢速度，繼續說：「『不見天』表示有屋頂遮蓋所以不見天，要跟後一句一起看；后羿十箭射玉兔，並不是只射月亮不射太陽，相反的表示當時有十個日加十個月，因此是『朝』字，『朝』加上屋頂便是『廟』字了。」

羽萱認真的聽著，不停點頭回應。

「『吳越美女背娃娃』指的是西施的背脊，簡稱『西施脊』；『節節高昇第一步』就更明顯了，表示東西就存放在西施脊上的寶塔中的第一層。因此，謎底就是『孔廟屋頂西施脊寶塔中』，只不過我還不知道是哪一間孔廟。」

羽萱聯想到了一個地方。「你說的很像是臺北孔廟。」

「為什麼？」

「我五年級的戶外教學，就是去大龍峒的臺北孔廟，我印象中看到屋頂上有尖尖的塔，像是裝飾品，我和班上同學還在那裡拍了合照呢！我找給你看。」

羽萱拿起手機，找出儲存的照片。志達一看，羽萱和同學們站在廟前的廣場，後面的大殿上有西施脊和寶塔，算一算共有七層。

「走！我們現在就去找，我猜那裡面一定有東西，搞不好就是祕笈。」

「現在？」羽萱懷疑的說，「廟門都關了，而且就算進去了，屋頂那麼高，怎麼爬上去？」

志達想了想，再低頭看看自己的身體，然後說：「我現在會輕功了。」

「這實在是太神奇了。怎麼會這樣呢？」羽萱仍然感到不可置信，接著心中又跑出一個問題：「對了，你是怎麼逃出冷藏櫃的？」

「我無意間發現一桶麵團，吃掉它之後突然變得神清氣爽，而且力大無窮。」志達神情驚奇，彷彿在說一個神話故事。「然後等我再次搥打鐵門，門鎖就被我敲開了。」

「你說你吃了什麼力氣大增……你吃了麵團？」羽萱不敢置信的問。

「是啊！本來我快要窒息了，也已經沒有力氣了，沒想到吃了麵團之後精力旺盛。」

「你該不會吃掉了我家的千年老麵吧？」羽萱的表情透出擔憂和焦慮，「用來製作蔥肉大包的老麵，每天都放進冷藏櫃冷藏。你確定是冷藏櫃？不是冷凍櫃？」

「如果是冷凍櫃，我早就凍成冰棒了。」

羽萱一聽彷彿世界末日來臨，拍著額頭大叫：「天哪！完蛋了。我們家就那一桶千年老麵，這下被你吃掉，以後都做不出蔥肉大包了。我爸要是知道了可怎麼辦？怎麼辦？」

「你別擔心，我一定會跟方叔叔坦承都是我造成的，不會讓他怪罪你的。」志達義氣的說。

「我不是擔心自己被罵，是替流傳千年的老麵感到可惜。話說回來，難道千年老麵能強化習武之人的內力？如果那些千年酵母菌真的這麼神奇，那麼平常我們做蔥肉大包，豈不是把酵母菌都用高溫蒸死了。為什麼我們千百年來都不知道這道理呢？唉！」

「走吧！我們現在就去孔廟求證看看。」

「好，騎我的腳踏車去，你載我。」羽萱說。

他們躡手躡腳的下樓，打開大門騎上腳踏車。

羽萱用手機查出路線圖。「大同區大龍街兩百七十五號，就在圓山站附近，你先右轉，聽我的指揮。」

志達輕輕一踩，腳踏車便快速奔馳，忍不住開心大叫，想不到千年老麵讓他內力大增，把腳踏車騎得跟摩托車一樣快。

半夜路上車不多，他們一路飆速，很快就到達了目的地。

廟門上了鎖，志達讓羽萱在外面等候，自己飛越高牆而入。他施展輕功跳上廟頂，來到寶塔旁，伸手摸索後發現寶塔第一層竟然有一格抽屜。他謹慎的拉開，裡面有一個以塑膠袋包裹的物品。

「太棒了！這裡真的有祕笈。」

他拿走包裹，把抽屜推回去，回到羽萱的身旁，兩人興奮的來到明亮的路燈下，打開外層的包裝一看，裡面是一張黃褐色的粗紙，上面畫了一個三足銅鼎，鼎上的部分缺了一大塊，只隱約看見破洞的右邊邊緣上方有個「隹」字，下方有個「鰲」字，鼎下有一把烈火，而且鼎的左右兩邊各有幾行文字。右邊寫著：「祝融通古神咒：雷金流火，天地玄黃，元祖叱吒，萬古流芳，天清清，地靈靈，全脈神功，請示薪傳。」左邊則是：「石中出火貫古今。」

「真的是祕笈呀！」志達驚喜不已。

「只是，不是有五大神菜嗎？」

「似乎被人撕走了。」志達指著破掉的位置。

「有什麼菜名叫做『什麼鰲』的

嗎？」羽萱困惑的問。

「有。」志達馬上心生靈感，「你看那「隹」是某個字的右偏旁，我猜是『雞』字，『雞』加上『鱉』，就是『雞仔豬肚鱉』這道菜。」

「你好聰明。」羽萱興奮的說。

「可惜其他四道菜毫無線索可言。」志達嘆口氣。

「還有，這張圖是什麼意思呢？」羽萱指著圖畫皺起眉頭，直覺的反應：「是不是把那五道菜合煮，煮出一道幫助練出神功的『神湯』？」

「看起來似乎是這樣……」志達也認同羽萱的推論。

「石中出火的『石』，應該就是指軒轅打火石。」羽萱說。

「我媽把打火石交給我阿姨保管，我現在就打電話問她，如果真能『石中出火貫古今』，我們再來想想下一步怎麼做。」志達開心的說。

「她會給你嗎？這麼貴重的東西不是都存放在銀行的保險箱，最快也得明天早上才能拿到。」

「先問看看再說。」志達心生一計，即刻撥手機給阿姨。「喂！阿姨，是我啦。什麼？我被人擄走？沒有啊，我沒事，下午手機沒電，你接到的電話可能是詐騙集團打的吧，我現在在安養院這邊。對了，媽媽說她想看看那顆軒轅石……嗯，現在，我說你寄放到銀行保險箱了……沒有……啊，真的假的……」

志達掛上電話後，狂笑不止，羽萱納悶的問：「不在銀行嗎？」

他卻只神祕的說：「走，去我阿姨家。」

他載著羽萱回到公寓，打開冰箱的冷凍櫃，拿出包在塑膠袋裡的軒轅石。

「天哪！竟然藏在這種地方。」羽萱雖然感到莫名其妙，忍不住也笑了。

「我阿姨說她還沒時間去銀行，而且這裡很安全，小偷絕對想不到。」志達說著拿起一旁炒菜的鐵鏟，「不曉得會不會成功，你要跟我一起去嗎？」

「當然，如果真的能回到過去，說不定我能救回我家的老麵呢！」

「噢，我倒沒想到這一點。別擔心，欠你們家的，我一定會想辦法還。」

「別囉唆了。」羽萱打開祕笈，熱切的說：「快！我們該怎麼開始？」

「我先試著唸出祕笈上的文字，再敲擊石頭，看看會發生什麼事。你抓好我的手。」志達確認好之後，便大聲喊叫：「雷金流火，天地玄黃，元祖叱吒，萬古流芳，天清清，地靈靈，全脈神功，請示薪傳——」

鏘——

他先用力的敲擊打火石，接著叫：「雞仔豬肚鰲……」

這時轟的一聲，拔地騰起一圈純青色的通天烈焰將他們團團包圍，高溫的氣流幾乎將人吞噬，兩人嚇得目瞪口呆，跌坐在地。

突然間，火光在半空中聚合成一隻巨大無比的青熊，朝他們咆哮而來……

第九章 落成典禮上的拼桌比賽

眼看青熊就要撲上志達和羽萱，誰知一股旋風吹來，將火焰捲上天，青熊瞬間消失在半空中。

火焰消失後，兩人訝異的望著天空，然後互相對望，驚奇不已。

他們站起來看看四周，發現已不在公寓裡的廚房內，平常熟悉的高樓大廈全不見了，只有藍天白雲下的一片樹林和一道紅色的宮牆，牆內有座嶄新的閩南建築。羽萱不禁發問：「難道我們回到了古代的臺北孔廟嗎？」

志達發現羽萱換上古代的褐衣，頭上紮了髮髻，不免摸摸自己的頭，又低頭看，然後驚訝的說：「我們居然穿上了古裝！」

兩人歡喜的看看對方，這才開始探索新環境。

志達發現前方不遠處有炊煙，便將軒轅石收進口袋裡，羽萱也把祕笈折疊好，讓志達收進另一個口袋，然後兩人一同往冒煙的方向走過去。

他們走近後，發現有一排紅瓦屋房，屋外有一群人低頭彎腰忙碌，有人在木桶裡洗菜，有人在切菜，有人在殺雞，空氣中飄散著食物的香味。

「大家好，請問這裡是哪裡？」羽萱率先向那群人搭話。

眾人忙得不可開交，而居中指揮全場的廚子是個三十出頭的男人，神色嚴肅，看起來精神緊繃。那人回頭打量他們一番，然後狐疑的說：「這裡是寧南坊，你們不是本地人嗎？看你們的裝扮跟我們不同，難道是來自日本德川幕府的客人？但你們講的又不是日本話，還是唐山來的客人……」

「我們……我們是流浪的兄妹。我叫做志達，這是我妹妹羽萱。」志達回答，然後想起此行的目的又急忙問：「請問哪裡有人在教做菜，我們想學雞仔豬肚鱉的作法。」

那個廚子眉頭一皺說：「這裡的廚子都忙著做菜，誰有閒工夫教人？你說的什麼鱉的菜，我從來沒聽過。」

「陳總鋪，我切好酸菜了，再來呢？」一個原本在切菜的年輕人問道。

「過去那邊剁豬肉，用雙刀剁碎一點，那是要做肉燥的。」陳總鋪仔細的叮嚀，又接著補充：「切好之後我要檢查。我們寧靖王府絕對不能輸給安平王城！」

「啊，我知道了。」羽萱忽然興奮的對志達說：「他說的寧靖王府和安平王城應該就是明末清初時，鄭氏家族在臺灣建立的東寧王朝，我以前讀過這段歷史故事。」

「原來如此，你真厲害。」志達點頭，不禁面露敬佩神情。

「我看你拿著鐵鏟，難不成你會做菜？」陳總鋪問他們。

「會一點。我的爸媽都是廚師，我從小就在旁邊幫忙。」志達說。

「我現在很缺人手，眼看著中午的宴席就快辦不出來，實在是……你們要不要來幫忙？忙完之後，少不得好酒好肉，還給工錢。」陳總鋪說。

「好啊！」志達和羽萱異口同聲的回答。

「那你們就跟阿土一組。」陳總鋪指向剛才負責剁肉的男人，「阿土，你先示範給他們看，然後看著他們兩個做。」

「好。」阿土擱下肉刀，把袖子捲得更短，聲音宏亮的回答。

剁肉對他們而言不是難事，志達把鐵鏟插進背後的衣服內，便跟羽萱一起捲起袖子，揮舞起雙刀，兩三下就在砧板上將豬肉剁成肉末。

羽萱一邊忙碌，一邊問阿土：「這是哪戶大戶人家在辦桌請客呀？還是在辦結婚喜宴？」

「不是結婚，今天是文廟的明倫堂落成大典，有好幾千人前來泮宮觀禮，不但有來自各地的官員，也有遠自唐山來的大明舊臣，還有日本德川幕府的臣民。中午延平王要宴請賓客，共有一百零一席。」

「一席是一桌的意思嗎？那不是有一千個客人，要準備很多菜？光靠這兒不到十個人，辦得出來嗎？」志達質疑。

「沒有一千個客人，不過也不少，有六百人，都是延平王最重要的客人。」

「這麼說來，一桌有六個客人囉？」志達問。

「沒錯。」

「換算成一桌十人的話也有六十桌，那也是非常艱鉅的任務呢！」

「不是這樣的。」阿土對兩人解釋：「陳參軍命令王城和寧靖王府的廚子們分攤這次任務，上頭給了兩邊一樣的食材配料，分量也相同，各自負責五十一席，等菜做好了還要評比，看哪一邊辦出來的菜色比較豐盛美味，就可以得到賞金。」

「原來是拼桌比賽。」志達驚喜的說。羽萱在一旁也欣喜的點頭。

「陳總鋪太緊張了，五十一席不是什麼難事，我們曾經辦過六十席呢！」阿土嘆口氣。

「我知道了。陳總鋪一定不想輸給王城的人。」志達說。

「沒錯，你這小子夠聰明。」阿土笑著說。

「為什麼會有來自日本的客人呢？」羽萱好奇的問。

「延平王為了在唐山與清軍對抗，跟日本有很多貿易活動。用臺灣生產或來自唐山的砂糖、鹿皮、稻米、藥材，換取日本的銀、銅、鉛、盔甲，由於平日裡常有生意往來，因此每次我們這兒有喜事，他們都會派人送來賀禮。聽說這回他們送來幾十隻大肥鱉，延平王高興極了，叫人養在承天府衙門，等日後慢慢享用。」

「我看你雖然是個小廚子，卻懂得國家大事，真不簡單。」羽萱佩服的說。

「滿清外族竊占了大明江山，我們不得已隨主公逃難到這兒，但隨時都準備渡海反攻呢！主公寧靖王常常訓示我們忠孝節義的道理，雖然我只是個廚子，可是等上了戰場，一樣可以上前線幫忙作戰。」阿土表情一凜，正色說。

「還真是忠心耿耿。」志達佩服的說。

羽萱岔開話題，又問：「這文廟裡面供奉的是文昌帝君嗎？」

「不，是孔夫子。聽說之後還會請儒學大師來這兒講課辦學。」阿土回答。

「啊，原來是臺南孔廟。」兩人恍然大悟，「這麼說，你口中的延平王是鄭成功囉！」

「沒禮貌。要說國姓爺，怎麼可以直呼他的名號呢？」阿土不高興的說，然後停了一會兒，滿面哀傷的模樣。「不過，國姓爺已經在三年前仙逝了。現在是由他的兒子繼承了延平王爵位。」

「原來現在的延平王是鄭經。」羽萱語帶失望，「我還以為能夠看到國姓爺本人，聽說他是個大帥哥呢！」

「那麼寧靖王又是誰？」志達問。

「我們主公是明太祖朱元璋第十五皇子遼王的後代，太祖的第九世孫。本來在國姓爺的部隊裡擔任監軍，後來延平王鄭經邀請他一起共圖反清復明的大業將他迎來到臺灣。延平王禮遇我們主公，特地在承天府附近蓋了一座華麗的王府給主公居住。」

「我知道，輔佐延平王的還有陳永華，地位相當於宰相。」羽萱又開心的說。

「我們稱呼他陳參軍，這文廟就是他提議要興建的。」阿土說。

三個人一邊聊著，剁肉的手也沒停過，志達發揮強勁內力，很快就把肥三瘦七比例的豬肉剁成了肉泥。接著，兩人又幫忙剝筍殼，羽萱的翻雲蘭花掌比志達厲害，很快就剝好了三十多顆麻竹筍，志達只剝了二十顆，自嘆不如。

他們完成打雜的工作後，志達在旁邊檢視起菜色，除了豬肉和各式菜蔬，主要還有糯米、雞、紅蟳、大蝦、鱔魚、虱目魚、豬肉、豬腳、豬肚、狗母魚。

灶上已經蒸好了糯米米糕，就等肉燥滷好之後拌進去。全雞做成了鹽水雞，狗母魚已經取肉磨成魚漿。另一邊，陳總鋪已經準備好炒鱔魚的配料，羽萱發現他用了好多黑糖。

「鱔魚需要炒得這麼甜嗎？」羽萱好奇的問。

「糖很珍貴，只有官家和富人吃得起，因此要用多一點，才顯得大方富貴啊！」陳總鋪對兩人解釋，他正用菜刀將魚漿壓片，要包進豬肉末做成魚冊，用來煮湯。

志達看著陳總鋪焦躁不安的神情，忍不住發問：「你知道王城的廚子會做什麼料理嗎？」

「不知道。」陳總鋪鬱悶的說，「其實這比賽不公平，安平王城的廚子每天為延平王做菜，最了解他的口味，我們只能猜測想像，一點勝算也沒有。只求不要辦得太差，丟了主公的臉。」

「那也不一定。聽說延平王喜新厭舊，說不定吃了我們的菜會覺得新奇有趣呢！」阿土聽見對話靠過來說。

陳總鋪苦笑一下，繼續工作。

「你不妨先停一停，讓我過去對方陣營打探情報，再來看看怎麼做比較好。你覺得如何？」志達舉手提議。

「也好，有了你們兩兄妹的幫忙，我們的進度已經超前了。」陳總鋪說，

「王城的施總鋪帶領廚子們在文廟旁的泮宮邊做菜，你們是外地人，他們會以為是哪個客人的孩子，不會起疑。」

志達和羽萱聽了便往文廟跑去，穿過文廟之後，果然看到前方也有一組人馬在做菜。王城的廚子正用糖在燻雞，空氣中瀰漫著焦糖香，看起來略勝一籌。領隊的施總鋪命人以蝦、豬絞肉、魚漿、芹菜和蔥等材料為內餡，以豬腹膜作為外皮，做成蝦捲，正放入鍋油炸，空氣中更添了一層香氣。

遠處有一籠蒸好的紅蟳，眼前是取虱目魚魚肉做成的浮水魚羹，一旁還有鍋滷豬肚和白水煮豬腳。

「你看！」羽萱指著一鍋肉燥，對志達說：「那個人剛剛下糖很大方，想必那鍋肉燥也很甜。」

「他們表面上在炫富，其實是彼此較勁，只可惜運用的方法有限，只能著重在糖上面。但其實……」志達感慨的說。

志達雖然沒有把話說完，但羽萱知道他心中有所盤算，畢竟他們家的「新府城辦桌團」專長的菜色就是臺菜呀！兩人記下所見後迅速回到陳總鋪那兒，向他報告對手的情報。

「施總鋪果然也是在糖上下功夫，這樣難以分出高下啊！我的鹽水雞太普通了，做這魚冊也不一定能贏過他們的魚羹。唉，該怎麼樣才好？」陳總鋪聽完後憂心的說。

「雖然米糕已經蒸好了，但我建議先把米糕搧涼，然後把紅蟳對切，放在米糕上面再蒸一次，這樣可以讓米糕吸收紅蟳的鮮甜肉汁。」志達憑藉著過去跟隨媽媽辦桌的印象，將祕訣告訴陳總鋪。

羽萱一聽就知道是「紅蟳米糕」的作法。

「噢，這倒新奇。」陳總鋪驚喜的說，「還有嗎？」

「把虱目魚煎得赤赤焦香，將魚腸一起煎乾，那味道的美妙一點都不輸給魚肉。至於豬腳滷花生絕對贏過白水豬腳，魚冊的話，我建議把蝦子切碎混進豬肉末，裹進魚冊裡，味道肯定鮮甜無比。」志達如數家珍的說著。

「這樣煮湯不會散掉嗎？」陳總鋪好奇。

「噢，不要煮湯，做大一點裹粉去油炸，就可以跟他們的蝦捲一較高下了。」志達信心滿滿的說。

陳總鋪思量了一會兒，說：「有道理。那麼湯呢？」

「做酸菜豬肚湯，那可比浮水魚羹多了酸甘滋味和豬肚有彈性的口感呀！」志達又答。

「哇，太好了！」陳總鋪喜出望外，「想不到你小小年紀，懂得這麼多，又這麼會配菜。」

「我從小看到大，這些菜我都會背了。」志達毫不客氣的說。

「我們的媽媽可是有名的辦桌總鋪師，響譽南臺灣呢！」羽萱也忍不住在一旁炫耀。

「哦？從沒聽過女人當總鋪的，綁了小腳要怎麼做事呀！她叫什麼名字？」陳總鋪好奇。

「我娘……她叫做陳淑美。」志達覺得自己像在演古裝劇，心裡覺得好笑。

「咦？還真的沒聽過這號人物。」陳總鋪揉著太陽穴，一臉困惑。

「那不重要，趕快把菜色整理一下，對手的進度可是超前我們啊！」羽萱急忙提醒。

「哎呀，對，動作快！」陳總鋪依照志達的建議，並依據經驗，將各種菜色重新拿捏比例調配，很快的，這邊的空氣中也竄出了層層疊疊的食物香氣。

午時三刻一到，宴會正式開始。雙方把第一道菜端進泮宮，每道菜都準備了五十一席的分量，除了招待分配到的五十席客人之外，多的那一席菜是送到主人席，給延平王和寧靖王一同品評。

志達和羽萱來到宴會現場，這才明白原來所謂的「一席」，竟是把一張大草蓆鋪在地上，賓客們盤腿面對面而坐，完全不用桌椅。

兩人幫忙陳總鋪不停端盤子、收盤子，忙得不可開交。

在主人席上，寧靖王是個四十多歲的中年人，蓄了一把長鬍鬚，看起來成熟沉穩，說話聲音宏亮，精神奕奕。延平王鄭經是個二十出頭的年輕人，談笑風生，與寧靖王對話表現得刻意謙恭。

兩人都穿著明朝官服，志達看糊塗了，忍不住問說：「有兩個王，誰才是老大？」

羽萱白他一眼。「你都不讀歷史的嗎？當然是鄭經，寧靖王是他的監軍。」

「鄭經年紀輕輕的就當老大，真厲害！」志達羨慕的說。

「倒也不是他厲害，他是鄭成功的兒子，在鄭成功死後繼承了父親的一切勢力呀！」羽萱搖頭解釋。

泮宮裡熱鬧非凡，然而在一片歡樂聲中，陳總鋪在外頭來回踱步，不時往裡頭張望，一副憂心忡忡，患得患失的模樣。

第十章
延平王的無理要求

宴會結束之後，眾人圍到主人席附近，等待他們宣布比賽的結果。

眾人的焦點落在兩王身上，只見鄭經向寧靖王作揖說：「請王爺評判哪一邊做的菜比較好吃。」

「還是請延平王定奪吧！」寧靖王謙讓說。

鄭經不再客套，直接宣布心中的抉擇，他指著酸菜豬肚湯說：「這鍋湯吃起來香脆酸甘，生津又消食醒腦，而且甘味綿長，深入喉底。跟它同一組的米糕吃得到紅蟳的鮮甜，炸魚冊是沒吃過的油香酥脆口感，而虱目魚煎得外酥內軟，魚腸酥香無比，苦甘苦甘的，滋味豐富。因此我判今日是陳總鋪獲勝。」

「本王也認為他的菜滋味比較特別。」寧靖王迎合說。

「喚陳總鋪過來。」鄭經下令，一旁的陳永華參軍便令手下去傳喚。

陳總鋪得了消息喜出望外，急忙上前。

「辛苦了，你辦的宴席非常好吃。」鄭經說著拿出一兩黃金作為犒賞。

陳總鋪接過黃金，跪下連連叩頭謝恩。

「陳總鋪，今天的菜跟平常在王府裡的料理都不同，你是如何想到這些特別作法呢？」寧靖王好奇問道。

陳總鋪不敢隱瞞，便一五一十的把自己得到志達和羽萱協助的事情說出來。

「太好了，我王府又多了兩位好廚子了。」寧靖王開心的說。

這時一旁的日本客人岔開話題：「敢問延平王，我幕府將軍要我詢問王爺，您是否有南征呂宋島的準備？如果有，我們可以派援軍相助。」

「當然有。」鄭經意氣風發的說，「那呂宋島只有西班牙王國區區六百多士兵駐守，卻不時騷擾我旗下的商船，本王已經忍耐多時，我鄭家軍只要一艘戰船便能擺平。我已經有了臺灣，如果加上呂宋島，東寧版圖大增，實力更加雄厚，將來揮軍中土，完成先父的遺志當指日可待。」

但寧靖王聽完卻臉色一沉，說：「萬萬不可，臺灣和呂宋相隔遙遠，兩地經營是一心二用，分心的結果恐怕兩頭都落空。還是專心致力於臺灣，以免螳螂捕蟬，黃雀在後。」

「清廷並沒有像樣的海軍，王爺這樣說，是擔心日本人別有用心。」鄭經先看了看日本人，又看向寧靖王，「這樣對客人未免失禮了吧！」

「縱使失禮我也不得不說。」寧靖王表情嚴肅，「先王好不容易打下臺灣，根基尚未穩固，我擔心王上有了呂宋之後，安於東寧幅員之大，忘卻西征之志，或者一心南向而疏忽了北方的威脅。」

在場的日本使者一聽，表情十分尷尬。

寧靖王像是不肯放棄似的，又接著說：「雖然偏安東南也能開疆闢土，但後世若有人變節降清，那麼只是讓仇敵得了便宜。」

鄭經臉色一變，大聲宣示：「我鄭經絕不會降清，也一定要攻打呂宋。」

「萬萬不可攻打呂宋。」寧靖王也鐵青著臉，堅定的說。

由於兩人各持己見，最後宴席不歡而散。

志達和羽萱幫忙收拾杯盤整理善後，結束之後，很自然的跟著陳總鋪回到寧靖王府。東寧王朝第一間文廟落成，這幾天陸續有來自海內外的人士前來朝聖，為了方便接見賓客，鄭經暫時不會回安平王城，而是移駕到承天府衙門住上幾天。

回到寧靖王府後，陳總鋪說：「後面灶房邊有幾間小屋子，阿土就住那兒，你們兄妹另外找一間住下，平常不要亂跑，免得驚動了王爺和王妃。我家就在後巷，有什麼急事的話，再讓阿土來找我。」說完便要阿土安頓好兩人，自己先回家休息了。

寧靖王府位在臺江內海岸邊的高灘地上，一旁有座高聳的城堡建築，而隔著內海的對岸，聳立著另一座城堡。

「那就是安平王城。」阿土指著遙遠的對岸向兩人介紹，接著又指著這頭的城堡說：「這便是承天府衙門。」

志達站在大門前打量著王府的外貌，覺得似曾相識，一會兒驚呼說：「啊！我想起來了，這裡是大天后宮，我們戶外教學的時候來過。」

在阿土的帶領下，兩人踏進王府，屋裡處處雕樑畫棟，裝飾得美輪美奐。羽萱忍不住讚嘆：「哇，這裡真是太美了。」

他們住進到小屋，打理好一切後，志達焦急的對羽萱說：「來了大半天，還是不知道去哪裡學做雞仔豬肚鱉，怎麼辦？」

「別急，既然軒轅石帶我們來這兒就不會有錯，既來之則安之，再觀察兩天吧。」羽萱出言安慰，見志達仍然憂心忡忡的模樣又說：「其實在古代待久一點不錯啊，這兒空氣新鮮，民風又純樸。」

「你都不會想家嗎？」

「不會呀！每天待在都市裡，噪音、考試、空氣汙染都讓人覺得好煩。」

「可是我擔心我媽的病情。」志達難過的說。

「這倒是。好，我不貪玩了，我們仔細留意，趕緊把菜學好要緊。」

休息了一個晚上，隔天一早，兩人被阿土喚醒，梳洗之後一起去灶房。陳總鋪指揮他們去挑水、劈柴、洗菜，他們聽話的一一完成。

不久後，王府總管匆匆跑進灶房說：「你們兩個新來的趕快跟我走，延平王派人來叫你們到承天府衙門去。」

「發生什麼事了？」陳總鋪驚訝問道。

「聽來的人說，延平王想再嚐嚐那道有鮮甜蟳味的米糕，想借他們兄妹過去烹煮。」

「主公知道嗎？」陳總鋪問。

「知道，主公吩咐他們快去。」

陳總鋪不敢怠慢，連忙說：「你們趕快過去。」

志達和羽萱放下手邊的工作，跟著來人一起進了承天府。

才剛踏進承天府的灶房，迎頭就看見昨天輸了比賽的施總鋪。他語帶諷刺的說：「傳說中的流浪小兄妹來了。快點，王上正等著你們的米糕當早點呢！我把昨晚燉好的鱉湯呈上去，王上只喝了一口，直說要配你的米糕。動作快！」

志達一看，糯米已經洗好放進大木桶裡，一旁水盆裡有十幾隻紅蟳，砧板上有豬肉，旁邊有一籃紅蔥頭，屋梁上吊掛著魷魚乾和一包香菇。他叫羽萱將豬肉和魷魚乾切絲，自己把香菇泡軟，趁這空檔去殺紅蟳。

承天府的大灶有兩個灶臺，志達將糯米桶放上其中一個蒸熟，等配料全都就緒，又在另一個灶臺上起油鍋，拌炒香菇絲、紅蔥頭和魷魚乾，再加入醬油、黑糖燒成滷汁。

糯米蒸熟之後，他將糯米倒出與滷汁輕輕拌和，然後又裝回木桶裡，上面鋪滿對切的紅蟳，再蒸煮片刻。

在等待紅蟳蒸熟的時候，施總鋪走過來探問：「我問你們，昨天宴席上那些菜是哪裡學來的？」

羽萱不知怎麼回答，志達腦筋一動便說：「是向『新府城辦桌團』的陳淑美總鋪拜師學來的。」

「哦？我沒聽過這號人物。」

「她老人家現在隱居了。」羽萱推說。

「你們的菜沒有特別了不起，只是王上喜歡嚐新奇的食物，一時高興才判你們贏，要不然憑我堂堂延平王的總鋪，怎麼可能輸給寧靖王的廚子呢？」施總鋪酸溜溜的說。

施總鋪的話中不只有不服和驕傲，似乎還帶著幾分深意，志達因此發問：「怎麼說呢？」

「不是我在自吹自擂，想當年國姓爺擁有商船和戰船好幾千艘，福建、廣東、浙江、日本、呂宋、南洋各地的貨物都由他的船艦負責進出口，富可敵國，各地敬獻的高級食材、山珍海味，有什麼我沒見過、沒烹煮過的？憑他區區一個寧靖王府的廚子，絕對沒有我來得經驗豐富。我實在輸得不服氣。」

「等你吃過我們的紅蟳米糕再說吧。」志達說。

「你說國姓爺有很多戰船，我們剛剛在海邊怎麼沒看見？」羽萱好奇發問。

「當然看不到。寧靖王府靠近內海，海水很淺，大船進不來的，大船都停靠在安平王城的外海。」施總鋪瞇起了雙眼，彷彿陶醉在光榮的回憶裡。「想當年國姓爺的數十萬大軍精良無比，叫清軍聞風喪膽，不但反攻唐山攻下了很多省分，還差點打下了南京城，只可惜後來功虧一簣，才轉到臺灣來建立了東都。要不是國姓爺早逝，讓他養精蓄銳個十年我們就能打回北京城，在紫禁城的御膳房裡做菜呢！」

「你不指望新的延平王鄭經嗎？」志達不解的問。

「噓！」施總鋪緊張的制止，「大膽，不能直呼王上的名號，也不能評論王上，你亂講話招罪可是會連累我的。」

這時米糕已蒸好了，施總鋪挖了一口，瞇起眼睛細細品味。不一會兒，他張開眼睛點點頭，心悅誠服的說：「我認輸了，你們快去上菜吧！」

施總鋪把米糕盛在四個小蒸籠裡，叫志達和羽萱各捧兩籠，隨他一起到殿裡侍奉。

大殿裡，鄭經的桌上擺著那鍋鱉湯，正和陳永華和兩位來自唐山的儒學師傅們在聊天。見到兩個小廚子捧著米糕上桌，笑逐顏開的說：「兩位晚到的鴻儒，昨天沒有吃到這道美味太可惜了，所以今早我特地向寧靖王府借來兩位小廚子，做這道我最喜歡的菜來招待你們。」

兩位客人連忙站起來鞠躬。「謝王上恩典。」

施總鋪和志達、羽萱正要退下，鄭經又說：「兩個小廚子先不要走，到門外候令。」

「遵命。」三人同聲應答退到門外，施總鋪留下兩人便先回灶房忙碌。

志達和羽萱等著無聊，便偷聽起大殿裡的對話。

一位客人問：「文廟在唐山內地各縣城皆有，陳參軍在臺灣蓋文廟，不知有無不同？」

「大明的科舉弊端不少，譬如考題多為舊題，應試者只要在四書中，擬題一、二百道，將前人所寫的文章背起來抄寫一遍，就可以錄取為官。但他們平日讀書卻不求甚解，全靠運氣，因此朝廷得不到真正的人才。相較之下，臺灣是塊清純之地，我要建立新制，不再出考古題，然後融合教育、考試、用人為一體，讓真正的人才為王上所用。將來這重責大任，還有賴兩位先生一同相助。」陳永華說。

「參軍鴻鵠之志叫人敬佩。」

「恭喜王上，有陳參軍輔佐，當可富國強民，揮師中原，復我大明。」

「哈哈哈，大家用早點、用早點。」鄭經被吹捧後開心大笑。

等了好一陣子，直到兩位客人離去之後，志達和羽萱終於被喚進殿內。

「本王很喜歡你們的手藝，兩位就留下來當施總鋪的助手吧！」鄭經說。

志達和羽萱沒料到鄭經會這麼說，一時不知如何應答。

第十一章
兩府廚子相爭不下

陳永華一聽立刻站起來勸說：「王上萬萬不可，你雖愛才，但不能將人據為己有，尤其不可奪寧靖王府的人。」

「區區兩個小廚子，我相信王爺不會計較的。」鄭經輕蔑的笑了笑。

「王爺是不會在意，但這樣做會落人口舌。」

「我還怕落人口舌嗎？」鄭經的語氣明顯帶著怒意，「他昨天當眾跟我唱反調，質疑我收復中原的決心，給德川幕府的人難堪，實在可惡！我都沒跟他算帳。」

「王上如果這樣做，人們會說你威權獨斷，為了貪圖口腹之欲竟藐視大明王爺，而對你生出非議不敬之心。何況王爺也是出自一番善意，沒有人比他更想收復中原了。」陳永華又出言勸諫。

「你竟然幫他講話！」鄭經皺著眉頭，瞪著陳永華。

「不，我也主張要攻打呂宋。」陳永華不以為意，輕輕一笑。「以後王上如果想念兩位廚子做的料理，不妨就像今日一樣，喚他們過來烹煮就好。」

鄭經想了想後不再堅持。「好吧，讓他們回去。」

志達和羽萱一聽，鞠躬就要退下大殿。

「等等，不能讓他們空手而回。」陳永華又對鄭經說，「各地送來那麼多賀禮，讓他們帶些魚翅乾貨回去給王爺，當是借人的回禮。」

「好吧，就隨你。」鄭經無所謂的說。

於是兩人帶了禮物回去，向寧靖王表明原委，寧靖王高興的說：「延平王真是多禮。」

回到灶房，陳總鋪詳細問了兩人在承天府的經過，聽完後不禁發起牢騷說：「延平王怎麼會想搶咱們王府的人，年輕人不懂事啊！」

「他並沒有真的把我們要過去呀！」志達說。

「哼！根本不該有這種念頭。」阿土在一旁聽了，義憤填膺的嚷嚷。「延平王姓的是鄭，是當年永曆帝賜姓朱，才因此沾了大明皇室的光，怎麼現在不得了？」

「噓！」陳總鋪制止阿土說下去，「不要議論兩位主子，小心你的人頭。」

「我才不怕呢。我說的是實話，主公如果知道了，必定會誇獎我的忠心。」

「你還胡說！」陳總鋪見阿土說不聽，忍不住動氣。「主公已經用完早餐，快去收拾碗盤清洗乾淨。小心那些銀湯匙銀筷子，要是刮出紋路，王妃可要生氣罵人。」

「知道了。」阿土心不在焉的應答。

「哇！銀湯匙銀筷子，明朝的王爺果然不同凡響，連餐具都那麼高級。」志達羨慕的說。

「是因為銀器觸及毒物會發黑。」陳總鋪感嘆的說：「唉！我們主公雖享用榮華富貴，但時時懷抱著孤臣孽子的心情，你們小孩子是不會懂的。」

羽萱在一旁注意到阿土離開時臉色灰白，眼神迷離，似乎跟昨天不太一樣，但心想或許是挨了罵而不高興，便沒有多想。

接著，陳總鋪吩咐兩人說：「我早上叫手下殺了一頭山豬，豬血和大米一起浸在桶子裡，現在也該結凍了。志達，你去提過來，我要做豬血糕給主公當作午餐的配菜。」

志達去屋後提來木桶，卻覺得奇怪，雖然有半桶大米，但豬血卻沒有滿，提起來很輕。陳總鋪一看伸手進去撈，只見大米不見豬血，生氣的說：「豬血呢？早上殺豬的時候，把血接進桶子裡，差不多有七分滿，現在怎麼都不見了？是誰偷走了？」

他氣憤難消，到處質問王府裡的下人，但大家都說不知道，他只好先把米蒸熟了。然而沾血的大米煮熟之後，上頭有許多黑色的小點，看起來不潔淨。

陳總鋪懊惱的說：「這要是給主公看到了，必定會追究我的責任，真是傷腦筋。」

「讓我來改造它。」羽萱自告奮勇的說。

「唉，就讓你試試看吧！」陳總鋪無奈的答應。

羽萱拿扇子把米飯搧涼了，再配上豬肉、菜蔬、鴨蛋、醬油，炒成什錦蛋炒飯，將那點點黑血掩飾得天衣無縫。

陳總鋪吃了一口，驚喜的問：「這是什麼？」

「是麻點什錦蛋炒飯。新來小廚子的獨門功夫。」羽萱笑說。

午餐時分，陳總鋪上了這道主食，再配以其他菜肉，只見寧靖王、王妃和世子們吃得極為開心，還連誇了幾句好吃。

陳總鋪雖然安了心，但回到廚房後仍然怒氣未消，不時的叨唸著：「可恨的小偷！竟敢偷王府裡的東西，要是被我抓到了，一定皮鞭伺候才行。」

晚餐還是什錦蛋炒飯，不過變換了菜色，豬肉改成火腿，吃起來香味更濃郁，幾位世子意猶未盡直嚷要添一碗，就這樣把半桶沾了豬血的米給解決了。

晚餐後，廚子們聚在王府後的井邊清洗餐具和廚具。陳總鋪巡視完灶房後，過來說：「水缸裡沒水了，等會兒洗完碗盤，隨著我一起到承天府衙門去打水。」

羽萱以為自己聽錯了，向陳總鋪確認：「這裡就有井了，為什麼還要去別的地方打水？」

「這口井離海邊太近了，井水不夠甘甜，還帶點苦鹹味，用來洗東西還行，但用來煮飯做菜就沒辦法了。我們每兩天就得到承天府的那口大井去打水，那兒的水質清冽甘甜，才適合拿來做料理。」陳總鋪解釋。

志達用手掬起井水啜飲，果然帶著微微的苦鹹又有澀味。

於是天黑前，大家合力扛了三個大木桶放到馬車上，浩浩蕩蕩的來到承天府，準備到井邊開始打水。

施總鋪看見陳總鋪一行人，上前冷嘲熱諷的說：「陳總鋪，你真走運，去哪裡找到這兩個小廚子？要不是他們，你也不可能贏我。想當年連最懂得美食的國姓爺都對我的手藝讚不絕口，我怎麼可能輸給你呢？」

「哎呀，輸就輸了，承認自己技不如人就好了，何必酸言酸語的。」陳總鋪笑說。

「你行事不夠光明磊落，找打手幫你上陣，一點都不公平。」

「你敢說不公平？輸贏是你們延平王判下的，你敢不服你家王上。」

施總鋪看看四周，大起膽子說：「好吧！今日我家王上和陳參軍跟客人去文廟秉燭夜遊，子時才會回來，我就跟你挑明了講。找一天黃道吉日，我們再比一場，這次不可以找幫手，再請王上重新評斷。」

「對、對，重新比。」施總鋪底下的幾個廚子也附和。

「不公平，為什麼是延平王當評判？為什麼不是我們寧靖王當評判？」阿土不服氣的說。

「廢話。」施總鋪手下的一個廚子說，「我們王上是東寧之主，什麼事都由他說了算。就連你們寧靖王府，都是我們王上好意蓋給他住的，只要王上一聲令下，隨便就能把你們趕走。」

「我們主公才是正統的大明皇族，你們王上讓他做參軍，不過是狐假虎威，假裝自己出自正統大明，用來壯聲勢罷了。如果沒有我們主公，別人根本不把他當一回事。」阿土氣憤的說。

「你好大膽！誰都知道這裡的一切都得聽從我們王上的命令。」施總鋪怒斥。

阿土看自己說不過人家，便推了對方廚子一把洩憤。

「啊，怎麼動手打人啊！」施總鋪怒火中燒，「也不看看自己站在誰的地盤上，竟敢太歲頭上動土？」

阿土聽了仍不肯罷休，還真的動手打了兩個人，兩邊的廚子們紛紛圍上來打成一團，連志達和羽萱都在混亂中挨了好幾拳，兩人躲到旁邊面面相覷，想勸架，又不知從何勸解。

「喂！你們在幹什麼？」兩個手執長矛的衛兵聞聲而至，「大膽，不知道這裡是什麼地方嗎？你們不要命了嗎？」

雙方聽聞終於鬆手，退開一步，卻仍然凶狠的互相瞪視著。

「陳總鋪，你的人打了我的人，如果我輕易的放過你，以後怎麼帶領這班廚子。」施總鋪握緊雙拳說。

「胡扯，我的人也挨打了。」陳總鋪也不客氣的說，「好，今晚亥時，海邊林投樹林解決。」

「為了避免驚動主子們，我提議不帶刀槍棍棒，以肉身對打。你同意嗎？」

「如果見血或傷害了性命，主公一定會追究。好，一言為定。」陳總鋪想了想回答。

「今晚亥時，不見不散，沒去的就是烏龜王八。」施總鋪說。

陳總鋪帶著部下快速打完水，便返回寧靖王府休息，準備晚上應戰。

到了亥時，雙方人馬偷溜出府，來到海邊的林投樹林前集合。

陳總鋪先開口，但說的話卻出乎大家意料。「我不希望手下人受傷，我看就由我們兩個對打吧！輸的一方向贏的道歉，這件事就這麼了了。」

施總鋪回頭看看自己的廚子們，回答：「也好，不論廚藝或武藝，你都不是我的對手。」

「好，看招。」陳總鋪說完往後一跳，然後擺起架勢，大喝一聲：「看我的高山掌。」一掌發出，就朝對方頭上劈去。

施總鋪出拳格擋，大聲叫著：「就用流水掌來破你招式。」瞬間伸出一掌朝陳總鋪腹下抓去。

「七指掌……無弦掌……」

兩方打來擋去，出招解招，勃勃作聲，底下四隻腳也想盡辦法要絆倒對方。在昏暗的月光下，只見雙方比鬥數十回合，不時互抓手臂，身體纏扭在一起，實力似乎不相上下。

「春雷掌……夏雨掌……松風掌……」

羽萱聽到兩人不斷喊著功夫掌名，不禁疑惑的望著志達說：「這些掌名，都是我們官灶派的琴掌七式啊。」

「想必他們都是我們灶幫的前輩。」志達說。

陳總鋪年輕力盛，自始就精神煥發，而施總鋪五十歲了，三十多回合後漸漸招架不住，到了第四十回合，施總鋪被拐了一腳，膝蓋觸地，陳總鋪一個夏雨掌打下去，正中後背，施總鋪瞬間咳出一口血。

志達見狀，急忙上前。「快停手，大家都是灶幫中人，不要再打了。」

陳總鋪停下來問：「你怎麼知道我們是灶幫中人？」

「你們的功夫都是官灶派的琴掌七式，大家都是自己人，不要再打了，分出勝負就好了。」羽萱說。

施總鋪在底下人攙扶下站起來作揖。「既然輸給你，我認了，對不住了。」

「好，這事到此為止，咱們互不相欠。」陳總鋪說。

「比武藝是到此為止，別忘了哪一天，我們要重新比廚藝。」施總鋪抹去嘴角的鮮血說。

「好啊，等候大駕。」陳總鋪抬起下巴，絲毫沒有認輸的意思。

雙方就此散開，各自返回府邸。

「你們也是灶幫弟子嗎？」回程的路上，陳總鋪問志達。

「是的，三日下廚房，洗手作羹湯。」志達說。

「誰知盤中飧，粒粒皆辛苦。」陳總鋪對出暗號。

「我是民灶派的。」志達驕傲的說。

「閉戶七高古，琴棋書畫詩酒花。」羽萱說。

「開門七俗務，柴米油鹽醬醋茶。」陳總鋪接著說。

「我是官灶派的。」羽萱也得意的說。

「難怪羽萱看得出我的招式。」陳總鋪笑著說，然後又把頭歪一邊，疑惑的問：「怪了，你們兩兄妹分屬不同的派別，這是怎麼回事？」

「這……這……」羽萱腦筋一轉說：「是這樣的，我們的父母都是民灶派的，但生下我之後，想偷學官灶派的功夫，就把我託給一個富翁的廚子撫養，學習他們的功夫。等我十歲後，又用銀子把我贖回來。」

「原來如此，你的父母真是貪心！他們人呢？」陳總鋪說。

「唉，因為仇家追殺，他們都已經不在人世了。」志達假裝難過的說。

「難怪你們兄妹要流浪了。」陳總鋪嘆口氣。

「你們會功夫，寧靖王知道嗎？」羽萱發問。

「當然知道。別看我們只是王公貴族的廚子，遇上戰亂，也有保護主人家的責任。」

「但今天這一戰，卻跟保護主人完全沒有關係。」志達取笑說。

陳總鋪尷尬的沒再回話。

回到王府後，志達和羽萱忙碌奔波了一整天，很快就進入了夢鄉。黎明前，志達感到一陣尿意，摸黑到外面想上廁所，沒想到在回房間的時候突然眼前一黑，感覺有人從他頭上套下什麼東西，他極力掙脫，發現是個麻布袋，而

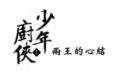

且身旁有道黑影，他連忙出掌打過去。

那黑影重重挨了一掌，仰身跌在地上，起身後便往王府外的林子裡逃去。

「別跑！」志達內力一逼追上去，雙腳快如羚羊。沒想到那個人似乎也是有武功的，速度不輸志達，志達追了半天卻沒追上。

他只好悻悻然往回走，但這時烏雲遮蔽了月光，四處漆黑難辨，一時竟在樹林裡迷失了方向，直到東方天際露出魚肚白才看到承天府。志達往承天府的路上定睛細看，發現前方大石頭後面露出一雙人腿，他急忙走過去察看，竟看見有個男人倒在地上已沒了氣息，而且五官無法辨識。

第十二章
揭發幕後真凶

志達在林子裡發現死屍，慌張的跑回王府，卻看見府外有兵馬喧囂，更怪的是羽萱、阿土和其他廚子家僕等人，都被喚到殿外排列著，而陳總鋪被人叫進府來，押在殿下跪著，不知發生什麼大事。

志達悄悄靠到羽萱旁邊，輕聲問說：「怎麼了？」

「聽說施總鋪失蹤了，延平王派人來調查。」羽萱說。

「啊？」志達立刻聯想到那具死屍。

寧靖王端坐在正殿之上，正和承天府衙門的守衛將軍黃安在說話。

「啟稟王爺，一早施總鋪的家人跑來承天府詢問，說他整晚沒有回家，不知是否有事留宿在府內。我問了其他的廚子才知道，原來昨天夜裡兩府的廚子們約在海邊比武，之後施總鋪並沒有回承天府，也沒有回家。他的家人懷疑他遭人殺害或被人擄走，而嫌疑最重的當屬打傷他的陳總鋪。」黃安向寧靖王稟告。

「陳總鋪，有這回事嗎？」寧靖王問。

「啟稟主公，昨晚我們確實有比武，但是是赤手空拳，沒有用刀槍，而且僅僅點到為止。之後我回家沒再出門，我的家人和廚子們可以作證。」陳總鋪急忙解釋。

「他們都是你的同夥，不足採信。」黃安不悅的說。

「我既然比武贏他，又何必把他擄走呢？」陳總鋪說。

「也許你和他素有恩怨，趁他受傷之際，暗中將他擄走或殺害，這就要問你了。」黃安說。

「冤枉啊！我跟他無冤無仇，何必做這些事？」陳總鋪慌張的大叫。

「平白無故為何要比武呢？」寧靖王問。

「是他文廟落成的宴席比賽輸給我，心有不甘來找我理論，後來雙方言語不合才有糾紛。」陳總鋪說。

「如何言語不合？一五一十的說清楚。」寧靖王威嚴的說。

陳總鋪只好把兩府的廚子各自認為自家主公才是老大的事情，詳細說了一遍，寧靖王愈聽臉色愈難看，拍桌子生氣的說：「你們好大的膽子，延平王是東寧之主，你們竟敢打著我的名號在外面耀武揚威，是想造反嗎？」

志達忍不住一個箭步跑進殿內。「各位大人，我半夜起來上廁所，回房時有人拿麻布袋要暗算我，在追那個人的過程中，在半路發現一具屍體。」

「是施總鋪的屍體嗎？」寧靖王驚呼。

「什麼！嗚……」殿外施總鋪的妻子一聽痛哭失聲。

志達也感到擔心難過，不過他搖搖頭說：「我不能確定，因為屍體面目全非，看不出那是誰。」

「什麼？」在場所有人無不感到震驚與困惑。

「快帶我去看看。」黃安說。

黃安留下一伍士兵看守王府的家僕和廚子，不准任何人離開半步，他自己則到府外上馬，寧靖王也跟著一同前去，陳總鋪被士兵押在後頭，志達則在前方領路。

大隊人馬很快就來到陳屍的地點。

黃安看了之後，冷靜的分析：「這具屍體的面皮被利刃揭去，以致於五官難辨，從臉上暗紅的血漬來看，距離死亡時間不超過三日。加上他四肢枯乾如柴，脖子上還有出血的傷口，在在顯示他是失血而死的，可是這地上卻又沒有血跡……」

寧靖王聽了黃安的陳述，驚恐的說：「莫非是被人吸乾了血而死的？」

「難道是傳聞中的噬血魔？」陳總鋪說。

「噬血魔！」眾人一聽紛紛發出恐懼的叫聲。

「昨天廚子們殺了山豬，接了一桶豬血要做豬血糕，卻莫名其妙被人偷走，只剩桶內的大米。」陳總鋪解釋自己的推論。

「你別想脫罪，說不定是你在其他地方行凶放血之後，再把屍體搬移到這裡。」黃安生氣的說。

「冤枉，將軍，我真的沒有殺人。」陳總鋪眼眶泛紅，委屈的哭了。

「將軍，民間早有噬血魔的傳聞，他們不但吸食人畜之血，還會假扮成他人，而且神出鬼沒。看這死者的臉皮被揭走，極有可能是噬血魔的作為！」黃安的副將上前說。

「嗯，我也聽陳參軍說過，前年清荷聯軍攻我金門和廈門之役，我軍就發現不少人脖子上有傷口，傷者面無血色、精神渙散，還有人失血而亡，造成我軍不敵而退到銅山，那時便有噬血魔的傳言。」黃安回憶往事悠悠說道。

施總鋪的妻子掩淚認屍，看了半晌後卻頻頻搖頭。「這不是我的丈夫，我丈夫已經五十歲，頭髮半白半禿，身材高大。這死者頭髮濃密黝黑，身材矮小，完全不像啊！」

「噢，如果不是施總鋪，那會是誰？」黃安說。

眾人面面相覷，不發一語。

「將士們，把這附近搜查一遍，看看有沒有什麼蛛絲馬跡。」寧靖王說。

但這批士兵聽了寧靖王的指令紋風不動，直到黃安下令說：「就聽王爺之令，四處搜查一遍。」這才分批散開，四面八方進行地毯式的搜查。

不久，聽得北邊有人大叫：「找到了，找到了……」

大家連忙過去，竟看見施總鋪的手腳被捆綁，嘴巴被塞了布團，倒在地上昏迷不醒。他的脖子上也有傷口，鮮血還微微滲出。

施總鋪的妻子上前探看他的鼻息，欣喜激動的說：「人還活著，人還活著……」

一群人手忙腳亂的幫施總鋪鬆綁，把人扶坐起來。

副將把脈之後，搖頭嘆口氣說：「心血不足，只剩幾口氣了。」接著便盤腿坐到他背後，雙掌集氣貼上他後背，將真氣運給他。

片刻之後，施總鋪呼出一口長氣，悠悠睜開雙眼。

「是誰把你綁來這裡的？」黃安開口就問。

他先是勉強轉頭望黃安一眼，隨後用盡最後的氣力說出：「是……是……」

所有人屏氣凝神的等待施總鋪說出真凶。

「他……」然而，施總鋪吐出第三個字後便斷了氣。

「哇，老天爺啊！」施總鋪的妻子目睹丈夫身亡，呼天搶地的哭喊起來。

「把兩具遺體扶上馬，駝回寧靖王府再做調查。」黃安無奈的說。

回到王府之後，黃安指著志達對寧靖王說：「這小廚子說有人拿麻布袋要套住他，然後被他打跑。我認為這可能也是同一個噬血魔所為，而且噬血魔就窩藏在王府裡。」

寧靖王面露不悅之色，但仍坦蕩的說：「我王府的家丁、僕從和廚子們都在這殿外，黃將軍要查儘管查吧！如果查不出來，便是府外之人，請將軍上別處抓拿。」

黃安即刻下令士兵搜查王府，看誰的身上藏有刀械，然而搜完卻一無所獲。

「為什麼偏偏是你發現屍體？你也涉有嫌疑。」黃安見搜查沒有結果，不免質疑志達。

「大人，我不可能殺人，那屍體是我意外發現的，我說的都是真的。那個拿布袋套我的人被我打了一掌，跌倒在地……」志達急忙解釋。

這時外面傳來副將大聲喝斥的聲音：「你這胸口的淤傷是怎麼來的？」

大家轉頭看去，只見士兵將一個男子從人群中拉出來，他的上身已被扒開，胸膛露出一個烏青的掌印，那掌印不大卻格外分明，看得出來是功力深厚者所為，再定睛一看，那男子竟然是阿土。

「你過去拿手掌比對一下。」黃安指示志達。

「啊！」阿土眼看事跡敗露大叫一聲，與抓住他的士兵扭打起來。

然而他身上帶傷又赤手空拳，很快就被制伏而壓跪在地上，兩支亮晃晃的利矛抵著他的脖子兩側。

寧靖王氣極了，指著他破口大罵：「阿土，你這孽畜啊！你跟施總鋪有什麼深仇大恨，為什麼要擄走他？又為什麼要殺人？我平日待你如同家人子弟，講解忠孝仁義的道理給你聽，不時諄諄教誨，沒想到你竟然為非作歹，敗壞了我的門風……」

「王爺且慢，」黃安揮手制止，指著跪在地上的人。「他不是你府中的阿土，真正的阿土已經死了，對吧？」

「沒錯，他早在前天晚上就已經死了。」那人冷笑著說。

「前天晚上？」羽萱驚訝的指著那人，「那麼你是誰？為什麼長得跟阿土一模一樣？」

「他自然是殺死阿土的人。」黃安說。

「可憐的阿土，他跟你有什麼仇恨，你要這樣殺害他？」陳總鋪痛失愛徒，難過不已。

羽萱聯想起前幾天的事情，忍不住又發問：「所以那桶山豬血，也是被你喝掉的？」

「沒錯，阿土又瘦又小，身上的血，根本不夠我喝，恰好有那桶豬血，讓我可以養精蓄銳十天半個月！」那人得意的說。

「既然如此，你為什麼還要擄走施總鋪？」黃安問。

「唉，誰叫他受傷時咳出鮮血呢？我只要一聞到鮮血的味道就受不了！」

「拿麻布袋套往我頭上套的人，也是你嗎？」志達問。

「當然。」那人輕蔑的說。

「我沒有咳血，你又為什麼要抓我？」志達也生氣的發問。

「林志達，」那個人盯著志達，一字一句的說：「不是我要抓你，是我的主上命令我抓你，不過目標也不是你，而是你身上的軒轅石。哈哈哈！」

「大膽狂徒，還敢放肆！」黃安伸出右掌，往那人臉上一抓，隨即扯下一張人皮面具。

「啊——」眾人看了驚駭不已，因為隱藏在臉皮下的噬血魔真面目消瘦蒼白，深陷的眼窩猶如兩個窟窿，右臉頰上有一道明顯的疤痕，像是一隻怪蟲賁張著威嚇的氣焰。

「啊，是你！」志達認出他的樣貌，胸中冒出一股無名火。「難道對我媽媽下毒的人是你，到我阿姨家翻箱倒櫃的是你，到工廠要抓我的人也是你？」

「哈哈，你這渾小子不笨嘛！不過你只說對了兩樣。」噬血魔冷冷的笑著。

「對你媽媽下毒的不是我，下手的另有其人。」

「那是誰？」志達又驚又氣。

「我們噬血五魔，我狂狼做的絕不會賴，但別人做的我也無可奉告。」

「為什麼？我們家跟你無冤無仇，為什麼要害我媽媽？」志達憤恨的說。

「一切都是奉了主上之命。」噬血魔斜看他一眼。

「你口口聲聲說的主上，到底是誰？」志達急切的問道，「他又怎麼知道我們在這裡呢？」

「這我自然不會告訴你。」噬血魔冷冷的說。

「這可由不得你！看是你的嘴硬，還是我的刀劍硬。」黃安說完，便拔出配戴的長劍，逕自往噬血魔刺去。

「啊——」噬血魔左右被士兵制伏著，無法閃躲，只能任由長劍刺中右肩，又刺中左腿，鮮血汩汩而出。痛苦中，他抬頭呼喊：「主上，快來救我。主上——」

噬血魔才一出聲，志達就感到空氣中有異常的震動。同一剎那，黃安大叫一聲：「有暗器！」

許多黑影直往噬血魔射擊而來，志達連忙翻身朝空中一抓，雙手各現出一支銀筷子。與此同時，噬血魔的身上已被射中十幾支銀筷子，宛如萬箭穿心。

「主上啊，你竟如此對我？我好歹幫你做了那麼多事，你……」他倒在地上，拚命哀號。

啪——

下一秒，一道陰冷的掌風朝噬血魔頭頂狠狠拍下，噬血魔在一陣抖動後氣絕身亡，原本平整的心口隨即突出一塊肉瘤，瞬間變化成一隻大蜘蛛。

霎時間，一個人影從屋頂飛奔而下，伸手一探，抓走蜘蛛。

「有刺客！保護寧靖王！」黃安一聲令下，說時遲那時快，他手中的長劍已經朝那人影突刺過去，卻見那人影躲到圓柱後面，發出敲擊聲並唸唸有詞。

緊接著一團紅色大火圍著圓柱騰上天花板，黃安吃驚的往後退，跌坐在地。熊熊紅火裡有一隻大紅牛繞著柱子旋轉，繞了兩圈之後火光消失，那神祕的人影也不見了。

火焰消失後，大家回神一看，驚訝的發現噬血魔死去後變回了原形，竟然是一頭大黃狼。包括志達、羽萱在內的所有人，都因突如其來的發展而目瞪口呆，彷彿人人都被點了穴，待在原地無法動彈。

寧靖王不愧是見過大風大浪的人物，片刻之後，他自責的說：「都是我不察，才引得這些妖魔混入王府，引發了這場紛爭。傳令下去，請阿土和施總鋪的家人來收屍，我會給他們一筆豐厚的安家費。黃將軍，我和你一起去承天府，向延平王請罪，同時讓他看噬血魔的屍體，證明我所言不虛。」

「遵命。」黃安隨即命人扛起大黃狼的屍體，並率領人馬返回承天府衙門。

寧靖王臨行前，喚志達和羽萱一同前往。兩人不明所以，又不敢發問，只好默默跟上前去。

寧靖王見了鄭經和陳永華，把事情經過交代清楚，一切是他督察不周，教導不嚴所引起。

鄭經仔細察看大黃狼的屍體，然後若有所悟的說：「這大概就是傳言中，噬血魔之一的狼魔。」

「沒錯，聽說還有其他四頭魔獸。」陳永華補充。

「他們受到術士高人操控，那高人極可能是會耍弄巫術的清軍賊將，我們必須加緊防範才行。」寧靖王提醒。

「既然是妖魔作亂，請王爺不要再自責了。」陳永華說。

「唉！」寧靖王長嘆一口氣，轉身指著志達和羽萱。「這兩位小廚子雖比不得施總鋪的能耐，但是本王知道延平王喜歡他們的廚藝，就請將兩人留下來伺候吧！」說完，便留下兩人，打道回府了。

「我們竟然成了謝罪之禮？」志達輕聲的對羽萱說，羽萱無奈的聳聳肩。

等寧靖王走後，鄭經不禁生起悶氣來。

「就這麼算了嗎？施總鋪是先父的人，我從小是吃他的菜長大的，現在他死了，我再也吃不到他的手藝了。」

「王上息怒，灶房裡還有許多廚子，都是施總鋪教出來的，您不用擔心。」陳永華好言安撫。

「至少叫他賠我一個總鋪，兩個小廚子哪裡能抵過一個總鋪師。」

「王上，這些意氣用事的話就不要再說了。」

「他底下人說出對我不敬的話，分明有造反的意思，就這麼算了嗎？」

「王爺已經親自登門致歉，而且是噬血魔作怪，實在不該怪罪於他。」陳永華思考了一會兒又說：「王上，相反的你應該表現出撫慰王爺的態度。」

「哼，他宴會那天當眾恥笑我的事，我都還沒向他討公道呢！」鄭經知道陳永華的道理，只是嘴巴還要討點便宜，最後不情願的說：「好吧！該怎麼做，交給你辦就是了。」

「如果讓寧靖王感到愧疚，長久下來難免會破壞團結，種下隱憂。我聽說王爺素有胃疾，方才又看他揉著肚子，想必是胃疾發作了。鱉肉性味甘平，滋陰補腎，健脾健胃，不如讓廚子們燉一鍋鱉湯送給王爺吃。」陳永華說。

「好啊！日本人送來的鱉多得很，我還怕吃不完呢！」鄭經說。

於是陳永華叫來王府的廚子，殺了一隻老肥鱉，配上枸杞、當歸、何首烏燉成藥湯。

半個時辰之後，鱉湯燉好了，陳永華吩咐志達和羽萱送過去。

「你們兩個回去就不要再來了，就說延平王萬萬不敢用寧靖王的人。」陳永華交代。

兩人聽令行事，帶著鱉湯回到寧靖王府，一五一十的傳達。

寧靖王收到鱉湯時頗為感動，但不敢接受。他叫陳總鋪把鱉肉切塊，裝進雞肚中燉熟，然後叫志達和羽萱送回去。

「傳我的話，待罪之身不敢受祿，請王上收回禮物，並接受本王的賠罪。」寧靖王說。

兩人領命照做，沿著原本的路又走回承天府衙門。

鄭經見了雞湯，生氣的說：「豈有此理！難不成對我充滿戒心，怕我下毒害死他嗎？」

「王上不要盡往壞處想，這只是寧靖王無法原諒自己，也不相信王上不再追究啊！」陳永華忙著勸說，然後把一個廚子叫來問說：「灶房那邊還有沒有生豬肚？」

「有。」廚子答。

「去拿來，以形補形，有助治癒胃疾。」

廚子把豬肚拿來之後，陳永華把肚口撐開，想把整隻雞塞進豬肚，但發現肚口不夠大，將雞胸骨翻折後才順利完成。

「終於看到雞仔豬肚鱉了。」志達精神一振，歡喜的對羽萱耳語。

廚子拿湯去蒸製時，陳永華說：「等湯蒸好了你們再帶回去。」

這一等又是半個時辰。最後兩人合力提著蒸籠的兩邊，將一大鍋的湯帶回王府。

寧靖王見到豬肚，先是一愣，隨後感動莫名，粲然一笑說：「大『肚』能容，延平王真是了不起。走，你們兩個捧著這鍋湯，跟我走。」

寧靖王說完徒步前往承天府，志達和羽萱跟在後面忍不住發起牢騷。

「到底在幹麼？走來走去的要把我們累死啊！」志達抱怨。

「希望這是最後一次了。」羽萱也苦著臉說。

寧靖王見到鄭經，上前作揖。

「感謝王上厚愛，但這道菜我要跟王上一起共享才行。」

「哈哈哈！王爺太客氣了。」鄭經向陳永華招手說，「參軍也一起來吧。」

「遵命。」

陳永華叫人拿了把剪刀把豬肚剪開，又把雞肉剪開，露出軟嫩的鱉肉，三人吃得和樂融融。

志達的腦中突然靈光一閃，出現大大的四個字，他不自覺的把它們喃喃唸出口。

「什麼？你說什麼？」羽萱沒聽清楚。

「我想我感應到了，我們該回去了。」志達自顧自的說著。

「等一下，你說什麼我沒聽懂。」

但另一頭志達已經拿出隨身帶著的軒轅石和鐵鏟，唸出他們來時的口訣。

「雷金流火，天地玄黃，元祖叱吒，萬古流芳，天清清，地靈靈，回到出發的地方——」

鏘——

「不，等一下……」羽萱嚷著。

兩人周圍瞬間騰起了烈火將他們密密包圍，接著青火之熊再度現身。

「吼——」

第十三章
全脈神功第一式

火光消失時，兩人看看四周，發現他們仍然站在阿姨家的廚房中。

「太好了，我們回來了。」志達驚喜的說。

他急忙看看牆上的時鐘，竟然就是他們出發的那個時刻，他不免疑惑的自言自語：「難道剛才的一切只是一場夢？」

羽萱猛搖頭，仍然好奇的問：「你剛才說了什麼？」

「包容之美。」志達認真的回答。

羽萱要志達掏出祕笈，她打開看了看，然後開心的說：「那不是夢，是真的。那表示你已經從第一道菜『雞仔豬肚鱉』中，學到了『全脈神功』的第一個內力心法『包容之美』。」

「沒錯，我體會到延平王和寧靖王的心結，就是靠『包容』來解除，而這其中陳永華的功勞最大。」

他又想了一會兒，不禁發愁。「然後呢？我該怎麼救我媽？」

「我聽我爸講過『藥食同源』，我猜應該是把雞仔豬肚鱉當作藥，餵給你媽吃，然後你再用『全脈神功』幫你媽治療。」羽萱說。

「可是我還不會神功呀？」志達感到疑惑。

「練呀！」羽萱回答得理所當然。

「怎麼練？」志達看看四周，「這廚房沒有大灶，空間又那麼小。」

「到我家來練。」羽萱大方的說。

「太好了，只是……」志達又猶豫起來。

「怎麼了？」

「我聽辦桌團的阿珠嬸說過，這道菜要用野生的鱉來燉才好吃，我不知道要去哪裡抓野生的鱉。」志達難過的說。

「哎呀，這簡單，我爸人面很廣，請他託人買，絕對沒問題。」

「真是太感謝你了。」志達感激的說。

「不客氣，到時候記得分一碗給我，我還沒吃過雞仔豬肚鱉呢！」

「沒問題。」志達忽然想到被自己誤食的千年老麵，又擔心起來。「可是我把你家的千年老麵吃光了，你爸知道之後一定會大發雷霆的，又怎麼會願意幫我呢？」

「這個嘛……」羽萱思來想去，最後說：「這樣好了，等我回家之後，我會跟我爸說是那個蒙面怪客偷走的，然後你再找機會向他道歉，說一時不小心才造成這樣的結果。」

「如果真是這樣得怪那個蒙面怪客。」

「對，所以你放心，我爸不會生氣的。而且，既然我們能夠穿越時空回到古代，說不定有機會拿一些老麵回來。」羽萱又說。

「不過……」志達低頭思索了一會兒，然後抬起頭。「雖然追究起來是那個狂狼噬血魔引起的，可是畢竟老麵是我吃掉的，我應該向你爸坦承並道歉才對。」

「你不怕挨罵嗎？」

「挨罵也是應該的。」志達誠懇的說，「如果他因此不願意幫忙找野生鱉也沒有關係，我可以找我阿姨或外公想辦法。」

「林志達，你比我想像的還要勇敢，負責。」羽萱佩服的說。

「我跟你和繼程，在入幫時就相約要成為廚俠，那不就是『俠』該具備的基本條件嗎？」志達謙虛的說。

經歷了這麼多事，兩人都十分疲累，志達載羽萱回家後，也早早回阿姨家睡覺了。

隔天週日，志達醒來吃過早餐後，看見羽萱傳來訊息。

羽萱：我跟我爸說老麵的事了。

志達：我現在就去道歉。

羽萱：我爸已經找到會抓野生鱉的人了，他說這幾天就會有好消息。

志達：等等，老麵的事他不生氣嗎？你是怎麼跟他說的？

羽萱：照實說。我說你後來吃了老麵有了力氣，把冷藏櫃的門鎖敲壞了。當然我沒有洩漏你得到深厚內力的事。

志達：他一定氣炸了！

羽萱：沒有耶！他竟然說還好你逃出來了，如果悶死在裡面可不得了，人命關天。哈哈，好笑吧！

志達：千年老麵沒了，他不會覺得可惜嗎？

羽萱：當然會，不過他說銷售業績差一點不會怎樣，賺錢的方法還有很多種。還說什麼萬事萬物都有它的命運，老麵也是，什麼成住壞空的，我也不太懂。

志達：那野生鱉的事呢？

羽萱：我說你想煮雞仔豬肚鱉給你媽媽吃，安慰她久病不癒的心情，可是不知道怎麼買食材。我爸說這簡單，還說雞、豬肚和中藥配料都會幫你準備好，他全部熱情贊助。

志達：哇，真是太感謝你們了。

羽萱：等等來我家練功吧！我剛剛劈好了柴，準備煮鹽水之氣呢！

志達：謝謝你。

志達迫不及待要練功救媽媽，約定的時間未到人已經來到羽萱家門口，他看見屋內冒出陣陣柴燒的煙氣，心裡激動的期待著。

羽萱開門迎接，志達進門後，立刻向方子龍誠摯的道歉。

方子龍拍拍他的肩膀，安慰他說：「人沒事就好，你也別放在心上，畢竟你是在不知情的情況下為了保命才吃的，不知者無罪。」

「謝謝方叔叔。」志達感激的說。

「其實一直有人想偷我們家的老麵，我小的時候，我爸的麵食坊裡就曾經發現少了一大塊老麵，懷疑是員工偷走的。後來那個人可能沒有養起來，沒有對我們的事業造成威脅。」方子龍語重心長的說，「唉！盛名之累。我常常提心吊膽，怕它被同行偷走來打擊我的事業。現在這樣倒好，以後就沒這煩惱了。」

聽起來，方子龍似乎以為蒙面怪客是來偷老麵的。志達看了羽萱一眼，發現她在眨眼睛偷笑。

「那麼我們以後還賣蔥肉大包嗎？」羽萱問。

「賣呀！」方子龍說，「叫『新』蔥肉大包不就得了。」

「哈哈哈！」大家開心大笑，志達心生感激，覺得方家人個個熱情又善良，將來有機會，一定要報答他們的恩情。

「去練功吧！」方子龍對他說，「野生鱉的事也別擔心，我欣賞孝順的孩子。」

志達謝過方子龍後，和羽萱來到大灶旁。

志達蹲好馬步，卻又無助的問：「祕笈上完全沒有招式，這該怎麼練才好呢？」

羽萱想了一會兒後說：「既然是心法，我想你就閉著眼睛，用心去想『包容之美』四個字吧，看看會有什麼事發生。」

「好。你也知道這個心法了，你也跟我一起練。」志達說。

「好！」羽萱興奮的說。

兩人閉起眼睛冥想「包容之美」的境界，志達漸漸感到腹中有股熱氣產生，而且往外擴散到軀幹、手腳，他不自覺的被那熱氣帶動，身體開始動作，一連比出許多從沒想過的招式。

比完一輪後，他張開眼睛，卻看見羽萱瞪大雙眼，直愣愣的望著他。

「你怎麼沒有一起練呢？」志達問。

「我閉起眼睛後想著心法，可是什麼感覺都沒有，所以乾脆練起君子掌和果拳，結果竟然看見你拳打腳踢的，舞出好多奇特的招式。」

「怎麼會這樣？」

羽萱看看四周，確定沒人，這才小聲的說：「我想是因為你吃了千年老麵，內力比我強上千倍的關係，還有那個心法是你想出來的，所以我才會沒有辦法感應。你能不能再練一次給我看？」

「好。」志達大方應允，便冥想著心法從頭開始。

就這麼一練再練，直到體內熱氣通貫充盈。

「我身上的熱氣一邊往四肢輸送到掌心和腳心，一邊衝回腹內的胃和另一個不知名的臟器。不知該怎麼稱呼這一套招式才好？」志達疑惑的說。

「這簡單，叫它『全脈神功第一式』就好啦！」羽萱笑著說。

「還是你聰明。」志達欣然點頭。

兩人一直練到中午才稍作休息，滑起手機查詢明鄭的歷史，剛好查到臺南孔廟落成的那一年，往事歷歷在目。

「你看，十幾年後鄭經死了，他的兒子鄭克塽即位，後來康熙皇帝派施琅來攻打臺灣，才剛打下澎湖，鄭克塽就投降了。」羽萱說。

「寧靖王不肯投降，把王府捐給和尚，田產捐給佃農，捨身報國，為國捐軀。他的五個妃子也跟著殉節，合葬在一起，就是今日的臺南古蹟『五妃廟』……」志達說。

想到寧靖王身為皇族後代竟落得如此下場，兩人不禁無語，心中戚戚然。

第十四章 媽媽復原有望

週一上學時，羽萱遇到志達興奮的說：「我爸說今天中午野生鱉就會送來了，你放學後可以來我家煮菜了。」

「這麼快？」志達驚喜不已。

這時上課鐘響，志達不得不回到自己的教室，然而接下來的時間，他都心不在焉，巴不得趕快放學。

終於等到放學，志達跟著羽萱來到她家，羽萱的爸爸剛好也在，志達急忙向他道謝。

「不客氣。抓鱉的人已經順便把鱉殺好了，接下來就交給你處理。記得，鱉油有腥臭味，鱉肉切塊之後必須把鱉油清除乾淨，否則湯會留有怪味。」方子龍好心提醒。

志達點點頭，然後想到鄭經和寧靖王的那道雞仔豬肚鱉是分次燉煮出來的，忍不住詢問這位灶幫裡的前輩。「請問方叔叔，我需要分次先燉鱉湯，再燉雞湯，最後再燉豬肚湯嗎？」

「你在說什麼？」方子龍彷彿丈二金剛摸不著頭腦，「那樣要煮到西元幾年呀？當然是一個套一個，然後全部一起燉煮五個小時就好了。」

「五個小時！等燉好都晚上十點了。」羽萱驚訝的說。

「那我得動作快。」志達說完便去處理各樣食材。

羽萱也沒閒著，她劈柴燒火，幫志達備好一大鍋熱水。

志達學陳永華把雞胸骨折斷，用內力塞進豬肚裡，再用棉線封好肚口，放進一個大砂鍋裡加入水和中藥，最後蓋上鍋蓋，放進大鍋裡面去燉煮。隨著大鍋內噴出濃濃的香氣，志達忍不住又練起「包容之美」的神功，這一回炙熱的真氣不但快速雙向流竄，而且不論腹內和四肢，都有即將爆發的衝動感，令志達感到神奇無比。

等待燉煮的期間，志達思考了很久，決定跟外公坦誠自己發現了軒轅石的事，以及他和羽萱穿越到明鄭時期的遭遇。

手機接通後，外公問說：「志達呀，你還好嗎？你媽的情況如何……」

他一五一十的將他和羽萱遇到蒙面人，誤把自己困在冷藏櫃，一直到取得祕笈，穿越到明鄭時期，並且習得全脈神功第一式的內力心法，全都告訴外公。

「果然有神功祕笈！太好了。」外公一聽興奮不已。

志達又講了練得此功的經過，還有方子龍協助他烹煮雞仔豬肚鱉的事情。

「這方董太仗義了，我一定要親自登門感謝才行。」外公感恩的說：「還有，你剛才提到陳總鋪，我小時候聽曾祖父跟我說過，我們陳家祖先曾有人在明鄭時期擔任寧靖王府的總鋪，很有可能就是他。」

「什麼？陳總鋪是我的祖先？」志達好驚訝。

「很有可能。聽說寧靖王和妃子們決心殉國時，那班廚子們也都爭相要跟進，但王爺不准，反而給他們一筆錢，打發出去自營生路。他們只好各自解散，淪為街頭小販，靠販賣王府的美食維生。」

「你是說炒鱔魚麵、米糕、碗粿……這些傳統小吃嗎？」

「沒錯。但施琅來臺之後，派大批官兵搜索，把這群廚子找來，廢去他們身上的功夫，以免他們仗著武藝滋事造反。後來我們陳家祖先繼續經營街頭生意，與民灶派人士混在一起，後代也因此成了民灶派弟子，直到傳至我和你媽，現在是你。」

「這麼說來，官灶派的功夫不就從那時候失傳了？」

「不。一九四九年國民政府逃來臺灣時，許多高官家裡的廚子，跟隨主人家一起來臺，帶來了閩、浙、粵、魯、川、蘇、湘、徽等八大菜系的料理，加上部分前清遺老把廚子帶來臺灣，也就是京菜。這些都是官灶派。」

「原來是這樣。」

「而且，明鄭時期臺灣的官灶派也沒真正失傳，據說那些官灶派的廚子不忍心看自家功夫凋零，在子弟們改學民灶派的武功時，偷偷口傳心授不少官灶派的功夫精髓，所以後來臺灣的民灶與官灶早已融而為一，只是名義上仍然有官民之分。」

「什麼？居然是這樣演變的。」志達聽了大感意外。

「就拿君子掌和果拳來說，」外公舉例說明，「梅蘭竹菊君子掌就是官灶派的基礎掌法，把招式精鍊後快速混打，便會蛻變成快不見蹤的花鳥掌。而果拳是民灶派的基本拳法，同樣的道理，精進到最高層級後混打，便成了油爆拳。」

「想不到我每天打著官灶派的功夫？」志達驚訝的說。

原來他所引以為傲的民灶派，混雜了官灶派的精髓，而他一直想把它比下去的官灶派，竟是先祖的功夫。那麼兩個派別誰強誰弱，又有什麼不一樣呢？

這一刻，他不禁迷惘了。

「喂……志達，你在聽嗎？」外公沒聽見他的聲音，疑惑的問。

「有！」志達急忙回神說：「現在雞仔豬肚鱉就快燉好了，我打算晚上拿去給媽媽吃，然後幫她運功。」

「太好了，你媽有救了。茲事體大，我現在就搭高鐵上去，陪你一起去醫治媽媽。」外公高興的說。

「謝謝外公。」有了外公的協助，志達對治好媽媽的病更多了幾分信心。

時間來到晚上十點，這鍋湯足足燉了五個小時，開蓋的時候香氣四溢，湯汁清澈透明，喝起來卻滋味甘甜，充分融合了豬肚、雞和鱉三種食材的精華。

志達用剪刀把食物切開，和羽萱一同試看看味道，那豬肚有嚼勁，雞肉Q彈，鱉肉鮮美，鱉甲的裙邊軟嫩綿稠，口感非常豐富，兩人吃得眉開眼笑。

他向羽萱的媽媽借了個小提鍋，把湯拿去安養院，羽萱也興致勃勃的跟著一同前往。

來到安養院，外公已經在那兒等他們，媽媽喝了志達餵的湯之後精神一振，接著又吃下豬肚和肉，臉上竟露出久違的笑容。

「我等不及要幫媽媽運功了。」志達急切的說。

「好，聽我說。」外公專注的教導，「你先在一邊把真氣在體內運行一回，然後盤腿坐在她後面，將手掌貼在後背，然後一左一右把真氣灌進她體內。」

志達照著外公說的去做，開始用掌心替媽媽運功，一開始，他感到真氣熱流不斷從體內奔發出來，透過雙掌涓涓外流。然而他同時感到雙腳凝滯發脹，似乎另有真氣阻塞在那兒。

他索性打開雙腿，將足心分別頂住媽媽大腿外側，頓時，那阻塞感消失了，全身氣血通達，周圍空氣捲起氣流，他和媽媽的頭髮都飛散在空中，兩人發出紅光。

羽萱張著銅鈴大眼，哇哇的叫著。

「從來沒看過這樣的運功方式呀！而且真氣完全貫通，不再阻塞而往回逆推了。」外公也驚嘆的說。

大約過了半小時，志達耗盡精力下床。

「好餓啊！有沒有東西可以吃？」媽媽說。

「什麼？剛才不是才吃完雞仔豬肚鱉嗎？」志達虛弱的問。

外公靈光一閃，急忙走到床尾，在媽媽右腳第二趾的外側用力一捏。

「啊，好痛！」媽媽慘叫一聲，整張臉都皺起來。

「哈哈！有知覺了，厲兌穴，胃經末端的穴道。」外公又回到媽媽側邊為她把脈，不久喜極而泣的說：「志達，你修復了媽媽的脾胃兩組經脈。原本你媽茶飯難以下嚥，現在終於恢復胃口了。」

志達一聽激動不已，貼心的問：「媽，你想吃什麼？我這就去買。」

「什麼都好，我覺得自己已經餓了一百年了。」媽媽苦笑著說。

「哈哈哈！」在場眾人都開心的笑了。

「志達剛運完功，我去買就好。」羽萱說。

「那就麻煩你了。」外公感激的說。

等待羽萱回來的時候，志達想起一件事，於是拿起手機，在「少年廚俠」

群組裡面傳訊。

志達：繼程，你在嗎？我想跟你道歉，對不起。

繼程：怎麼了？發生什麼事了嗎？

志達：之前為了民灶厲害或是官灶厲害，一直跟你爭執。我現在知道不論是官灶、民灶，都有各自的優點，沒有誰比誰厲害了。

繼程：怎麼說？

志達：我外公說民灶與官灶已經融為一體，只是名義上的分別而已。

繼程：原來是這樣啊！

志達：你接受我的道歉嗎？

繼程：本來就沒事啊！

志達：哈哈哈。

繼程：有空再一起切磋功夫吧！

志達：沒問題。

羽萱很快就回來了，她從附近的夜市買回蚵仔煎、綜合滷味和水煎包，志達立刻餵媽媽吃。

羽萱在一旁嘆口氣，對志達說：「阿彌陀佛！你和繼程總算解開心結了。」

「你怎麼知道？」

羽萱掏出手機。「拜託，我也在群組裡好嗎？」

「我是說，你怎麼知道我跟他有心結？」志達問。

「這還用問嗎？我用鼻孔都能看得出來。」

「噗——」志達不禁噴笑出來。

媽媽吃飽之後安然入睡。羽萱回想發生的一切，提出疑問：「狂狼噬血魔口中的那個主上，能製造出有紅牛的大火，他一定也有一顆打火石。」

「沒錯，一定就是他用那顆打火石穿越時空，把噬血魔帶來現代的。」志達也同意羽萱的看法。

「怪了，既然他也有打火石，為什麼還要奪取軒轅石呢？」羽萱好奇。

「我怎麼會知道？」志達搖頭。

「你看得出他是誰嗎？」羽萱問。

「他似乎蒙著面，而且沒有說半句話，實在無從猜測。」志達無奈的說。

「從武功啊！」羽萱轉頭問志達的外公，「陳爺爺，那個幕後的指使者用銀筷子當暗器，你知道那是誰的獨門功夫嗎？」

「那不是獨門功夫，只要多加練習，兩年便能上手。」外公搖搖頭說。

「他還用掌風打在噬血魔的頭頂，讓噬血魔瞬間死亡。」志達說。

「凡是內力修為深厚的人，都有這樣的掌力。」外公嘆口氣說。

「不只這樣，噬血魔死了之後變成一隻黃狼，胸口還冒出一隻蜘蛛呢。」羽萱很認真的補充。

「我聽志達說過了。唉，看來真的有人練了傳說中的五毒陰功，只是到底是誰呢？」外公沉痛的說。

瞬間三人無言，陷入無解的沉默中。

外公看一切安妥了，就說：「我到夜市去找你阿姨和姨丈，順便跟他們說這個好消息。時間晚了，你們也早點回去休息。」

「好。」志達微笑點頭。

等剩下他們兩人時，羽萱輕聲說：「其實，這兩天我有跟繼程聊天，把我們的奇遇跟他說了。」

「包括噬血魔嗎？」志達坐在床邊。

「沒錯。」

「那個神祕的主上呢？」

「當然也說了。」

叮咚、叮咚！這時兩聲鈴響同時傳來。

兩人各自打開手機，發現是繼程在「少年廚俠」群組傳訊息。

繼程：我忽然想到，我曾經聽人說過，她看過類似的大火。

兩人驚喜互看一眼，然後各自低頭傳訊。

志達：什麼大火？

羽萱：火災嗎？

繼程：那個人說，轟一聲，大火燒起來，一隻怪獸跑出來。

「什麼？」兩人瞪眼大叫，不約而同從椅子上跳起來。

（第一集全文完）

廚俠必備祕笈

志達和羽萱經歷了重重難關，終於順利取得了名菜心法。兩人將一路上的遭遇記錄成一份成為廚俠的必備祕笈，快來看看你懂得多少吧！

招式一 臺灣第一座孔廟

臺南孔廟是臺灣第一座孔廟，建於一六六五年（明永曆十九年，清康熙四年），至今已超過三百年歷史，被列為國家一級古蹟。明鄭時，陳永華為了在臺灣推廣儒學、舉才納賢，建議鄭經在承天府建造第一座文廟，但當時完工的僅有用來祭祠孔子的「大成殿」，以及故事中提到的「明倫堂」，後來又經歷了數次整修、重建，才變成現今所見的模樣。儘管如今臺灣各地都可以看到孔廟的蹤跡，但臺南孔廟的地位始終無可取代。

臺南孔廟的東大成坊

招式二 隱身在武俠小說中的陳永華

臺南永華宮裡供奉的陳永華像

喜愛武俠小說的人，對「陳近南」這個名字肯定不陌生，然而他並非全然由小說家虛構的人物，他的原型就是鄭成功、鄭經父子十分倚仗的參軍——陳永華。雖然歷史上的陳永華，並不像陳近南擁有高強的武功，卻在臺灣留下了許多建樹，其中之一就是興建孔廟，設立科舉制度，為日後延攬人才的制度訂下了基礎。陳永華不僅設立了各級學校，還規定當時年滿八歲的孩童必須就讀，學子日後通過層層考試，會選拔出真正的人才並派予官職。

招式三 繁複美麗的西施脊

臺北孔廟正脊

臺灣早期的建築風格承襲自閩南一帶，其中廟宇和大戶人家的屋簷經常可見許多繁複美麗的裝飾，流傳至今，便成為閩式建築的一大特色。一般閩式建築的屋頂正脊只有一層，而西施脊就是為了增加屋頂上的裝飾空間，往上再加高一層的一種建築形式。西施脊上那些美麗的花鳥剪黏，以及福祿壽、寶塔等吉祥物，也讓它獲得這麼一個美麗的名字。下回有機會去臺北孔廟或是其他廟宇參拜，別忘了觀察一下上面都裝飾了哪些物品。

招式四 數度更名的古蹟

今日的赤崁樓和安平古堡，皆是當年荷蘭人占領臺灣時所建，其中赤崁樓

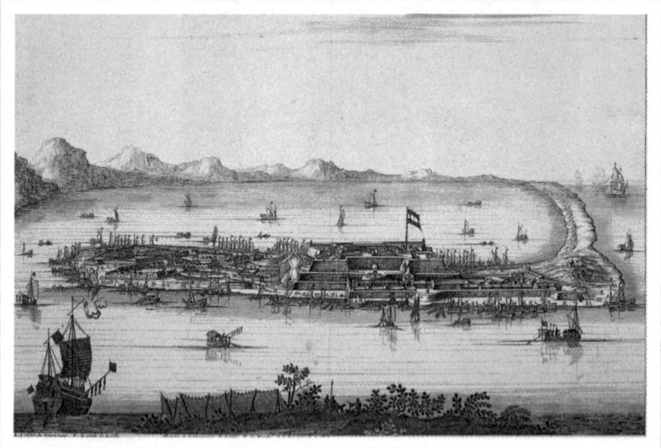

十七世紀的熱蘭遮城

招式五 著名的臺菜料理

臺灣先民多來自閩南一帶，因此臺灣菜的作法與閩南菜、福州菜、廣東潮州菜淵源深厚，之後又加上客家移民的客家菜、日本統治臺灣半世紀的日本料理，以及近代各國飲食文化的移入，使得現今的臺菜呈現出多元而豐富的樣貌。傳統的臺菜可分為：講究作工、手法的阿舍菜；應用高級食材的酒家菜，以及喜慶宴會上的辦桌菜，像是雞仔豬肚鱉、化骨通心鰻、紅蟳米糕等，都是經典的臺菜菜色。

紅蟳米糕

當時稱作「普蘭民遮城」，而安平古堡則稱作「熱蘭遮城」。一六六一年，鄭成功先後攻占兩城，因為懷念故鄉泉州的安平橋，將自己居住的「熱蘭遮城」改名為安平城；並在「普蘭民遮城」設立了承天府衙門。至於故事中的寧靖王府，則是鄭經為了迎寧靖王來臺、下令部屬黃安所興建的，後來因為供奉媽祖又更名為現今為人所知的大天后宮。數百年來，這些古蹟不僅見證了朝代的更迭，更證明了自己屹立不搖的價值。

招式六 臺南的食物為什麼偏甜？

許多外地人對臺南食物的第一印象就是「甜」，關於這點，一般推論有幾種可能：一是在荷蘭人在占領臺灣後，大量種植甘蔗，並製糖外銷，讓盛產甘蔗的臺南擁有地利之便。其次是受了福州菜的影響，因為福州菜偏甜、又經常勾芡出濃稠的醬汁，渡海來臺的廚子們承襲了此一做法。最後最常見的說法是像故事中陳總鋪所說：當時的蔗糖是一種很珍貴的調味料，只有官家和富人吃得起，多用一點方能顯得大方富貴！不論哪一個才是真正的理由，臺南料理中甜甜的滋味都已成為當地人的共同記憶，而且也將代代傳承下去。

小卷米粉

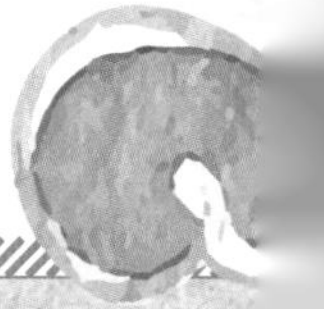

少年天下系列 —— 042

少年廚俠1：兩王的心結

作　　者｜鄭宗弦
繪　　者｜唐唐

責任編輯｜李幼婷
封面設計｜黃聖文
內頁排版｜極翔企業有限公司
行銷企劃｜葉怡伶

天下雜誌群創辦人｜殷允芃
董事長兼執行長｜何琦瑜
兒童產品事業群
副總經理｜林彥傑
總編輯｜林欣靜
主編｜李幼婷
版權主任｜何晨瑋、黃微真

出版者｜親子天下股份有限公司
地址｜台北市104建國北路一段96號4樓
電話｜（02）2509-2800　傳真｜（02）2509-2462
網址｜www.parenting.com.tw
讀者服務專線｜（02）2662-0332　週一～週五：09:00~17:30
讀者服務傳真｜（02）2662-6048
客服信箱｜parenting@cw.com.tw
法律顧問｜台英國際商務法律事務所・羅明通律師
製版印刷｜中原造像股份有限公司
總經銷｜大和圖書有限公司　電話：（02）8990-2588

出版日期｜2018年3月第一版第一次印行
2022年12月第一版第二十二次印行
定　　價｜280元
書　　號｜BKKNF042P
ＩＳＢＮ｜978-957-9095-46-4（平裝）

訂購服務 ——
親子天下 Shopping｜shopping.parenting.com.tw
海外・大量訂購｜parenting@cw.com.tw
書香花園｜台北市建國北路二段6巷11號　電話（02）2506-1635
劃撥帳號｜50331356 親子天下股份有限公司

國家圖書館出版品預行編目資料

少年廚俠.1, 兩王的心結 / 鄭宗弦文；唐唐圖
.-- 第一版.-- 臺北市：親子天下，2018.03
216面；14.8X21公分.--（少年天下系列；42）

ISBN 978-957-9095-46-4(平裝)
859.6　　107002178

圖片出處：
招式一　By Shutterstock.com 132015-260836418
招式二　By Pbdragonwang - Own work, CC BY-SA 3.0, via Wikimedia Commons
招式三　By Shutterstock.com 636735964
招式四　By From Olfert Dapper 1670 - 17 century print. Reproduction in Nagazumi Yoko, Shuisen, Public Domain, via Wikimedia Commons
招式五　By Shutterstock.com 1042953754
招式六　By 李佩書